U0533718

地势坤,君子以厚德载物。

给孩子的趣味唐诗课

四季篇

蒙曼 著

北京燕山出版社

图书在版编目（CIP）数据

给孩子的趣味唐诗课：四季篇 / 蒙曼著. -- 北京：北京燕山出版社, 2023.3
ISBN 978-7-5402-6780-3

Ⅰ.①给… Ⅱ.①蒙… Ⅲ.①唐诗—儿童读物 Ⅳ.①I222.742

中国版本图书馆 CIP 数据核字 (2022) 第 255127 号

给孩子的趣味唐诗课：四季篇

著　　者：蒙　曼
责任编辑：王　丽　李瑞芳
装帧设计：别境 Lab
出版发行：北京燕山出版社有限公司
社　　址：北京市西城区椿树街道琉璃厂西街 20 号
邮　　编：100052
电话传真：010-65240430
印　　刷：三河市嘉科万达彩色印刷有限公司
开　　本：710mm×1000mm　1/16
字　　数：152 千字
印　　张：12.75
版　　次：2023 年 3 月第 1 版
印　　次：2023 年 3 月第 1 次印刷
书　　号：ISBN 978-7-5402-6780-3
定　　价：56.00 元

如发现图书质量问题，可联系调换。质量投诉电话：010-82069336

目录

春

立春 — 4
　和晋陵陆丞早春游望　杜审言 — 5

元宵节 — 10
　正月十五夜　苏味道 — 11

情人节 — 16
　长干行　李白 — 17

雨水 — 23
　春夜喜雨　杜甫 — 24

春分 — 30
　金缕衣　杜秋娘 — 31

清明 — 36
　寒食　韩翃 — 37

谷雨 — 43
　奉和圣制从蓬莱向兴庆阁道中留春雨中春望之作应制　王维 — 44

1

夏

立夏 — 52
夏日南亭怀辛大　孟浩然 — 53

母亲节 — 59
游子吟　孟郊 — 60

端午节 — 65
江上吟　李白 — 66

小满 — 73
积雨辋川庄作　王维 — 74

夏至 — 81
山亭夏日　高骈 — 82

小暑、大暑 — 88
石鱼湖上醉歌　元结 — 89

建军节 — 95
出塞　王昌龄 — 96

秋

立秋 —————————————————————— 104
山居秋暝　王维　　　　　　　　　　　　　　105

处暑 —————————————————————— 110
秋夕　杜牧　　　　　　　　　　　　　　　　111

白露 —————————————————————— 117
月夜忆舍弟　杜甫　　　　　　　　　　　　　118

教师节 ————————————————————— 124
经邹鲁祭孔子而叹之　李隆基　　　　　　　　125

中秋节 ————————————————————— 132
十五夜望月寄杜郎中　王建　　　　　　　　　133

寒露 —————————————————————— 138
秋兴八首（其一）　杜甫　　　　　　　　　　139

重阳节 ————————————————————— 144
九月九日忆山东兄弟　王维　　　　　　　　　145

冬

立冬	152
塞下曲　卢纶	153
小雪	158
终南望余雪　祖咏	159
大雪	164
北风行　李白	165
冬至	171
问刘十九　白居易	172
小寒	178
从军行　杨炯	179
大寒	185
走马川行奉送封大夫出师西征　岑参	186
春节	193
次北固山下　王湾	194

寒来暑往，四季轮回。过了春节，春天就到了。

春天是万物萌动的季节，是桃红柳绿的季节，也是最具诗情画意的季节。

中国古代的诗人写诗最多的季节是春天。春天是属于花和鸟的，是"迟日江山丽，春风花草香"，也是"千里莺啼绿映红，水村山郭酒旗风"。春天还是属于男人和女人的，是"春风得意马蹄疾，一日看尽长安花"，也是"去年今日此门中，人面桃花相映红"。

没有春天，就没有如许好诗；同样，没有好诗，也就没有如此美好的春天。

春

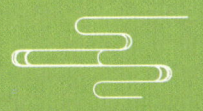

给孩子的趣味唐诗课

立春

  春天的第一个节气是立春。所谓"立",就是开始。

  这一天,"阳和启蛰,品物皆春",辛苦的耕耘即将开始,满怀的希望也随之而来。

  这一天,朝廷里的官员都要峨冠博带,随着天子到东郊迎春;民间的孩童,则会人手一个甜甜脆脆的大萝卜,嘻嘻哈哈地咬春;而闺中的女儿,则会头戴彩绸或彩纸剪成的春幡,让它随着浩荡的东风,伴随着年轻的脚步一起飞扬。春光,在游子的心头,又是如何呢?

和①晋陵②陆丞早春游望

杜审言

独有宦游人③，偏惊物候④新。
云霞出海曙，梅柳渡江春。
淑气⑤催黄鸟⑥，晴光转绿蘋⑦。
忽闻歌古调，归思欲沾巾。

我是谁？

我是杜审言（约645—708），字必简。你可能不认识我，但你一定知道我的孙子——"诗圣"杜甫，他可是我的骄傲！我虽然没有他在诗坛上名扬四海的地位，但我也是唐代"近体诗"的奠基人之一，与李峤（qiáo）、崔融、苏味道齐名，被称为"文章四友"。

注释

① 和：指用诗应答。
② 晋陵：今江苏省常州市。
③ 宦游人：到外地做官的人。
④ 物候：指自然界的气象和季节变化。
⑤ 淑气：和暖的天气。
⑥ 黄鸟：指黄莺；又名仓庚。
⑦ 绿蘋：即浮萍。

译文

只有远离故乡在外面做官的人，才会对季节的变化特别敏感。云霞从海上升起来，梅花开了，柳叶绿了，江南的春天来了。黄鹂在春天和暖的气息下叫得更欢了，浮萍在太阳的照耀下更绿了。忽然听到一曲古调，思乡之情油然而生，禁不住泪流满面。

这首诗好在哪儿呢？

诗的开头就点明了一个人生道理：看惯的风景不是风景，人往往更容易在陌生与熟悉的对比中发现美。

首联："独有宦游人，偏惊物候新。"作者出生在河南巩义，在老家时也会感觉到四季更替，但是因为太熟悉，所以不会特别敏感。可是到了江南，心一下子就敏感起来了，特别容易感受到季节和风景的变换。

颔联："云霞出海曙，梅柳渡江春。"曙光降临，云霞从海上升起来；梅花开了，柳叶绿了，春天降临了。从远景写到近景，太美了，与天未亮的时候比是美的，与冬天比是美的，与作者的故乡比也是美的。

接着，作者从画面写到了声音，"淑气催黄鸟"，春天的气息来了，黄鹂被春天的气息鼓舞，叫得更欢了。春天不仅有花香，还有鸟语。"晴光转绿蘋"，作者的目光从天空降到水面，太阳升起，水面的浮萍光影流转。这就是江南的春天，声和色、光和影，无一不美。

看到江南如此美丽，作者忽然黯然神伤，充满了忧愁。"忽闻歌古调，归思欲沾巾。"作者的思乡之情被触动了，让他在春游的途中忽然流下眼泪，想回家了。

为什么这么美的景色留不住作者的心呢？"江山信美，终非吾土"。选择远行，确实是因为外面的世界不仅有美丽的风景，更有美好的前程。但是，就像一年一度的春节我们都要回家一样，作者也会思念自己的家乡。故乡也许没有那么美丽，但是，那毕竟是我们的家，是我们最初的来路，谁又能忘了它呢？这首诗是以"偏惊"开头，以"沾巾"结尾，让春天的柳丝和思乡的情丝缠绕在一起，绵绵不绝。所以，明朝人胡应麟说这首诗是"初唐五律第一"。

课堂小彩蛋

杜审言是一个狂傲的人。

哼，论文章，屈原、宋玉都得给我当下属。

论书法，王羲之都得给我磕头作揖。

哈哈，苏味道死了。

苏味道看到我写的评语这么漂亮，还不得羞死？

什么，苏味道死了？

啧啧，他竟然敢攻击自己的领导！

一个人终究要为自己的言行付出代价，杜审言被贬官了。

真是祸从口出啊！

杜审言

因恃才傲物，杜审言得罪了很多人，甚至差点儿付出生命的代价。尽管他是一位杰出的诗人，但"三人行必有我师"，每个人都应该保有一颗谦卑之心，取人之长以补己之短。

你还可以知道更多

1. 什么是五言律诗？

五言律诗，简称"五律"，是律诗的一种，属于近体诗。五言律诗的全篇一共八句，每句五个字，有仄起、平起两种基本形式，中间两联必须对仗。杜审言的这首《和晋陵陆丞早春游望》就是一首典型的五言律诗。

2. "江山信美，终非吾土"出自元代文学家王恽的《平湖乐》

平湖乐

王恽

采菱人语隔秋烟，波静如横练。
入手风光莫流转，共留连，画船一笑春风面。
江山信美，终非吾土，问何日是归年？

元宵节

　　元宵节，是春节过后的第一个大节。

　　古代称元宵节为上元节、灯节。元宵节始于西汉，到唐朝已经盛极一时。

　　只不过，唐朝人还没有发明元宵，他们无法吃着元宵过节，而当时元宵节最有吸引力的活动是放花灯。唐朝人不仅花灯放出了高度，诗也写出了高度，其中写元宵节最著名的诗篇，就是苏味道的《正月十五夜》。

正月十五夜

苏味道

火树银花①合，星桥铁锁开②。
暗尘③随马去，明月逐人来④。
游伎⑤皆秾李⑥，行歌尽落梅。
金吾⑦不禁夜，玉漏⑧莫相催。

我是谁？

我是苏味道（648—705），字守真。我从小就喜欢写文章，并且得到了很多赞扬。后来，我得到武则天的赏识，做了宰相。但是很惭愧，在职场上我怕得罪人，所以遇到事情常常选择明哲保身，为此大家给我起了一个外号——苏模棱。虽然为官，但我从未放弃写诗，为唐代格律诗的发展做出过很大贡献，与杜审言、崔融、李峤并称为"文章四友"。

注释

① 火树银花：比喻灿烂绚丽的灯光和焰火。
② 铁锁开：比喻京城开禁。
③ 暗尘：灯光下飞扬的尘土。
④ 逐人来：追随人流而来。
⑤ 游伎：歌女、舞女。一作"游妓"。
⑥ 秾李：指观灯的歌伎打扮得艳若桃李。
⑦ 金吾：指金吾卫，他们掌管京城戒备。
⑧ 玉漏：古代用玉做的计时器皿。

译文

天上的星星和地上的灯火连接在了一起，星桥上的铁锁也被打开了。

风流倜傥的少年骑马游街，地上的尘土都被卷了起来，天上的月亮随着人群在移动。

艳如桃李的歌女们也走上街来，她们边走边唱《梅花落》。

执行宵禁的金吾卫都放松了下来，恼人的玉漏却还在催促人们快点回家。

这首诗好在哪儿呢？

首联："火树银花合，星桥铁锁开。"元宵节点灯的规模特别大，在灯光照耀下，树如火树，灯如银花。天上的星星和地上的灯火连在一起，从南到北、从东到西的灯光也都连在一起，天地、四面八方都合在一起了，所以是"火树银花合"。成语"火树银花"就是出自这里。"星桥铁锁开"，星桥是洛阳最重要的一座桥，它的北面是宫城和皇城，南面是老百姓的生活区，平时戒备森严，但是元宵节举国狂欢，所以这座桥上的铁索都被打开了，皇帝、后宫佳丽、文武百官都出来与民同乐。

颔联："暗尘随马去，明月逐人来。"风流倜傥的美少年们骑马游街，把地上的尘土都卷起来了。如果没有灯，这种浮尘是看不到的，这是地上的场景。天上一轮明月涌出，月光洒在每个人身上。如果从骑马人的角度来看，就是地上的浮尘随着人在走，天上的月亮也随着人在走。一个暗，一个明；一个是细小的微尘，一个是又大又圆的月亮；一个去，一个来。对照特别好。

颈联："游伎皆秾李，行歌尽落梅。"作者从颔联的男性讲到了颈联的女性，歌女们艳如桃李，载歌载舞，边走边唱《梅花落》。这些平时深藏不露的姑娘和肆无忌惮的小伙子在这么欢快的场合碰见了，难免有抛媚眼、捡手帕之类的事情发生，所以元宵节又有"中国情人节"的说法。

尾联："金吾不禁夜，玉漏莫相催。"连金吾卫都放松下来，让老百姓尽情享受节日狂欢。可是玉漏这恼人的计时器，为什么还在一滴滴地滴下水来，仿佛催促人们快点回家？玉漏啊，你能不能别再催了呢？

上元之夜太美好了，谁不希望永远停留在这美好的一刻呀！可是时间就是那么无情，无论你愿意与否，它都按照自己的节奏，一分一秒地溜走，催促着你从今天的节日，进入明天的日常。这就是人生的不得已，但是更彰显上元之夜的迷人。从尽情的欢乐到微微的惆怅，苏味道表达得如此动人、微妙，所以历代读者都觉得，这是描写元宵节最好的诗篇。

课堂小彩蛋

"火树银花合，星桥铁锁开。"苏爱卿的才华果然一流。

武则天

臣随口之作，皇上谬赞了！

苏味道

老兄，处理事情不要那么决断嘛。

张易之如此专横跋扈，必须禀告皇上。

苏味道

武则天推崇文学，喜欢才子，苏味道也因此受到重用。

苏味道做宰相长达数年之久，但他在任职期间并没有做出什么突出的成绩。处事圆滑是他一贯的风格，人们根据他这种为人处世的特点，给他取了个绰号——苏模棱，也叫他"模棱宰相"。而成语"模棱两可"（指不表示明确的态度，或没有明确的主张）也就这样产生了。

你还可以知道更多

古代是怎么过元宵节的？

正月十五，现在已经没那么热闹了。但在古代，它是个大节，叫上元。

所谓上元、中元、下元都是道教的说法。上元正月十五，是天官赐福；中元七月十五，是地官赦罪；下元十月十五，是水官解厄。三者之中，上元最是普天同庆。

上元节最大的好处是什么呢？绝不是吃元宵。吃元宵是宋朝以后才有的习俗。上元节有另外两大好处。第一个好处是点花灯，第二个好处是不宵禁。这两个好处，在今天没什么意义，在古代可不同寻常。古代没有路灯、霓虹灯，晚上照明就靠月亮。只有上元节前后，家家举火，户户点灯，一下子就把夜空照亮了，这是平时看不到的景象。

另外，中国古代一直实行宵禁政策。一到晚上，大家都得规规矩矩地待在家里，街上黑灯瞎火，冷冷清清，还有金吾卫监督执行，谁要是不回家就会被抓起来。只有在上元节这几天会解除宵禁，让大家出来赏灯。这样一来，上至达官贵人，下至平民百姓，家家户户，老老少少，男男女女，在上元节的晚上都拥上街头。所以，上元节又是中国古代的狂欢节。

情人节

　　冰雪消融，大地春回，万物萌动，爱情也该萌动了。
　　春天不止一个情人节，我们讲了号称"中国情人节"的元宵节，而2月14日是西方国家的情人节。等到农历三月三，还要迎来中国最古老的情人节——上巳节。这么多的情人节密集降临，一波一波地向我们传递着青春的美好、生命的喜悦。

长干行①

李白

妾发初覆额,折花门前剧。郎骑竹马来,绕床②弄青梅。同居长干里③,两小无嫌猜。十四为君妇,羞颜未尝开。低头向暗壁,千唤不一回。十五始展眉,愿同尘与灰。常存抱柱信④,岂上望夫台。十六君远行,瞿塘滟滪堆⑤。五月不可触,猿声天上哀。门前迟行迹,一一生绿苔。苔深不能扫,落叶秋风早。八月蝴蝶黄,双飞西园草。感此伤妾心,坐愁红颜老。早晚⑥下三巴⑦,预将书报家。相迎不道远,直至长风沙⑧。

我是谁？

我是李白（701—762），字太白，号青莲居士。大家都知道我喜欢饮酒作诗，也爱交朋友，所以我又有"谪仙人"的称号。因为擅长写浪漫主义诗歌，我被后人誉为"诗仙"，还与好朋友杜甫并称为"李杜"。

注释

① 长干行：属乐府《杂曲歌辞》调名。
② 床：井栏，后院水井的围栏。
③ 长干里：在今南京市。
④ 抱柱信：典出《庄子·杂篇·盗跖》，写尾生与一女子相约于桥下，女子未到而突然涨水，尾生守信而不肯离去，抱着柱子被水淹死。
⑤ 滟（yàn）滪（yù）堆：长江三峡之一瞿塘峡峡口的大礁石，农历五月涨水没礁，船只易触礁翻沉。
⑥ 早晚：何时。
⑦ 三巴：即巴郡、巴东、巴西，在今四川东部地区。
⑧ 长风沙：地名，在今安徽省安庆市东长江边上。

译文

那时我头发刚刚盖过额头，在门前做着折花的游戏。
你骑着竹马来找我，我们绕着院子里的井栏追逐着争一枝青梅。
我们居住在一个叫长干里的地方，无拘无束地一起成长。

十四岁的时候我嫁给了你，熟悉归熟悉，但我依然很羞涩。

我就那么低着头，对墙坐着，无论你怎么叫，都不肯回头。

过了一年，娇羞的我终于放开，想和你永远在一起，直至化为灰烬。

我希望你像抱柱的尾生那样守护在我身边，谁料却和你过起聚少离多的生活。

十六岁时，你出门经商，我只能在家猜测你到了哪里。

五月水涨时，滟滪堆那么凶险，你听到两岸的猿声也会心生哀愁吧。

自从你走后，你之前留下脚印的地方已经长满青苔。

青苔那么厚，扫也扫不动。树叶飘落，秋天不知不觉地来了。

八月的秋天，成双成对的黄蝴蝶在园子里飞去飞来。

看到此情此景，我悲从中来：你再不回来，我就老了。

无论你什么时候回来，一定要提前写信告诉我呀。

我一定会出门迎接你，一直接到长风沙。

这首诗好在哪儿呢？

这首诗是最具中国风的爱情诗。它以一个少妇的口吻，从追忆开始讲述。"妾发初覆额，折花门前剧。郎骑竹马来，绕床弄青梅。同居长干里，两小无嫌猜。"古代人长大之后要束发，男子戴冠，女子插上发笄（jī）。小时候，头发是自然垂下来的，这就是垂髫（tiáo）。大概三四岁，小男孩骑着竹马来找小女孩。"绕床弄青梅"，绕着院子里的井栏追逐打闹，互相争一枝青梅。暖暖的春天，青青的梅子，天真无邪的孩子，这是多么纯净的画面和情感啊！"同居长干里，两小无嫌猜。"男孩和女孩是商人的儿女，一般来说，他们比农家的孩子更活泼，比贵族人家的孩子更自由。所以，这一对小儿女才能发展出无拘无束的感情。

小女孩在十四岁的时候嫁给了童年的伙伴。"十四为君妇，羞颜未尝开。低头向暗壁，千唤不一回。"平时熟悉归熟悉，一旦做了新娘子，还是羞涩，低头对着墙坐着，无论小伙子怎么叫，都不肯回头。

"十五始展眉，愿同尘与灰。"过了一年，娇羞的新娘子终于在情感上放开了，她爱丈夫，希望和他永远在一起，直到化成烟灰。可是，生活哪有那么尽如人意？"常存抱柱信，岂上望夫台。"她希望丈夫能够像庄子笔下的尾生那样，信守自己对心上人的承诺，哪怕大洪水、天崩地裂，也一直在原地等着她、守着她。可现实是，长干儿女注定要过聚少离多的生活，丈夫东奔西走，妻子尝尽离愁。

"十六君远行，瞿塘滟滪堆。五月不可触，猿声天上哀。"小新娘十六岁的时候，丈夫出门经商了。她在家猜测，丈夫此刻可能要到三峡了吧？滟滪堆那么凶险，丈夫没事吧？因为一颗心追随着丈夫，她对眼前的一切都失去了兴趣。

"门前迟行迹，一一生绿苔。苔深不能扫，落叶秋风早。"自从你走后，我就很少出门了，你留下的脚印，现在已经长满了青苔。青苔那么厚，扫都扫不走。你走了那么久，秋天不知不觉都来了。

"八月蝴蝶黄，双飞西园草。感此伤妾心，坐愁红颜老。"农历八月秋风凉，秋天最常见的黄蝴蝶又飞来了。连蝴蝶都能双双对对飞，你却把我一个人丢在家里。春去秋来，草黄了，花落了，你再不回来，我也老了！小新娘最伤心的其实不是自己年华老去，而是她的青春这么美，丈夫居然没能看到。处处从别人的角度考虑，这才是深情。

从童年的明媚，到新婚的旖旎，再到此刻的惆怅，接下来她的热情又回来了："早晚下三巴，预将书报家。相迎不道远，直至长风沙。"不管你什么时候回来，一定要先写信告诉我，我会出门去接你，一直接到长风沙。

20

课堂小彩蛋

三百六十行，每一份职业都值得被尊重。

李白素有远大的抱负，这与其父对他的教育分不开。

李白在政治上被排挤，受到打击。

（李白父亲）李客

一个人内心纯净，就能笑傲王侯。

父亲曾说，大家都叫他李客，姓李的客商。

原来父亲也有他的烦恼。

天生我材必有用，千金散尽还复来。

李白是商人的儿子，他们家从中亚一路经商，最后在四川落脚。在古代，中国人对商人的印象并不好。但李白知道，商人也多情，也有一颗金子般的心。

你还可以知道更多

成语"青梅竹马"和"两小无猜"

　　成语"青梅竹马"和"两小无猜"来自李白的《长干行》,"郎骑竹马来,绕床弄青梅。同居长干里,两小无嫌猜",用来形容天真、纯洁的感情。也可以把"青梅竹马、两小无猜"放在一起使用,形容男女小的时候天真无邪,在一起玩耍。

　　现在,青梅竹马指自幼一直相互陪伴长大的男女,尤其指长大后恋爱或结婚的人。至于从小相伴一起长大的同性朋友则称为"总角之交"。当然,即便男女长大后分开,也可以称为"青梅竹马"。

雨水

  每个节气都分成三候，二十四节气又分成七十二候，五天一段落，五天一主题，充满着诗意。

  春天的第二个节气是雨水，雨水的三候：一候獭祭鱼，二候鸿雁来，三候万物萌动。先是水獭动起来了，把肥美的河鱼拖上河岸；紧接着是鸿雁北飞，在蓝蓝的天上写下一个"人"字；再后来是草木萌动，大地从干枯的褐色变为一片葱茏，这是多么动人的景象啊！

春夜喜雨

杜甫

好雨知①时节，当春乃②发生③。
随风潜④入夜，润物细无声。
野径⑤云俱黑，江船火独明。
晓⑥看红湿处⑦，花重⑧锦官城⑨。

我是谁？

我是杜甫（712—770），字子美，号少陵野老，人称"诗圣"。我是一个忧患意识比较强的人，也容易感时伤世，所以作品往往比较沉重。和你们一样，我也有自己的偶像——李白。幸运的是，我和他成了好朋友，我们在诗坛齐名，被世人合称为"李杜"。

注释

① 知：明白，知道。说雨知时节，这里是拟人化的写法。

② 乃：就。

③ 发生：萌发生长。

④ 潜（qián）：暗暗地，悄悄地。

⑤ 野径：田野间的小路。

⑥ 晓：天刚亮的时候。

⑦ 红湿处：雨水湿润的花丛。

⑧ 花重（zhòng）：花因为饱含雨水而显得沉重。

⑨ 锦官城：成都的雅称，因成都一向以织锦著称。

译文

好雨是知道时节的，在春日万物萌发时便如期而至。

雨伴着春天的和风，在夜里飘然而至，滋润着天地万物却又无声无息。

天地笼罩在一片黑沉沉的春雨中，只有江边小船的渔火透着点点光亮。

等到天亮后，红艳艳的花朵带着雨滴，锦官城该成为花的世界、春的海洋了吧。

这首诗好在哪儿呢？

首联："好雨知时节，当春乃发生。"雨并不都一样，冬天是冻雨，冷雨敲窗，落地成冰；秋天是秋霖，淫雨霏霏，连月不开；夏天是暴雨，一泄如注，翻江倒海。这些雨都没有那么好，甚至还会带来灾害。但春雨点醒了春天，带给春天滋润、绿色和勃勃生机，所以大家都喜欢、盼望春雨。而春雨仿佛也在回应人们的期盼，如期而至。所以不早不晚，恰恰在该下雨的时候下雨了，真是一场善解人意的好雨。

颔联："随风潜入夜，润物细无声。"春雨伴随着春天的和风，在静静的夜里飘然而至，滋润着天地万物，却又无声无息。这不只是春雨，更像儒家君子——潜入夜，细无声。这么受欢迎的春雨，如果着意表现自己，应该在白天大张旗鼓地到来，接受一切的鲜花和掌声。但是，如果它那样外露地、夸张地表现自己，就不是中国人喜欢的人格精神了。中国人喜欢谦谦君子，温润如玉，通身散发着内敛的光芒。这场让人欣喜的春雨不仅下得是时候，还下得柔和、充足。

颈联："野径云俱黑，江船火独明。"下雨的夜晚，因为云层厚，没有月光，所以天空、小路和江面都黑沉沉的，天地都笼罩在绵密的春雨之中，只有江边小船的一点渔火，透出了明亮的光芒。这一点渔火，一下子把整个色调都调亮了，也把诗人的心点亮了。

尾联："晓看红湿处，花重锦官城。"看到雨势这么好，诗人放心地回屋睡觉了。他躺在床上，还在想着这雨，越想越高兴，不禁开始想象明天早晨的情景了。这样的好雨下一晚上，一定能催开春花吧。等到明天早晨推门一看，一朵朵春花带雨，红艳艳、湿漉漉、沉甸甸，这样的生命，该是何等饱满蓬勃！锦官城里，该成为花的世界、春的海洋了吧。一首诗从一场春雨开始，结束在一片春花、一座春城之中，写得细腻柔和而又气象万千。而"花重锦官城"，仿佛鲜花着锦一般，那是何等富贵风流啊！所谓春夜喜雨，到这里，真是让人喜上眉梢，喜上心头，喜不自胜了。

无论在哪里，无论有着怎样的风光与风情，让我们一起来期盼一场春雨吧！

课堂小彩蛋

杜甫是一位有着强烈责任心和同理心的诗人，而闲适的生活，让杜甫的内心不再那么沉重。

时间过得真快，闲居成都已两年。

是啊。

看这天，是要下雨啊！

> 好雨知时节，当春乃发生。
>
> ——杜甫

杜甫的一生颠沛流离，郁郁不得志，但在成都生活的那几年，他过得非常开心、幸福，还留下了这首描写春夜降雨、润泽万物的美景诗作。如果感兴趣的话，可以去成都的杜甫草堂，身临其境地遥想杜甫当年在那里的生活。

你还可以知道更多

1. 不同地域的春雨，诗人都是怎么表达的呢？

诗人都比较敏感，所以同样是春雨，地域不同，诗人的描述也各具特色。

北方的春雨是"天街小雨润如酥"，让人感觉到北国早春雨水的细滑和润泽；江南的是"沾衣欲湿杏花雨"，有着江南特有的灵秀与轻柔；四川盆地的则是"晓看红湿处，花重锦官城"，显得那么富足和厚实。

不同的地域有不同的春雨，就像不同的地方有不同的味道。北方是厚重的羊肉大葱饺子，江南是鲜嫩的荠菜小馄饨，而四川盆地则是热辣辣的红油火锅。

2. 二十四节气中，雨水之后，就是惊蛰了。那表述"惊蛰"最好的诗句是哪句呢？

月夜

刘方平

更深月色半人家，

北斗阑干南斗斜。

今夜偏知春气暖，

虫声新透绿窗纱。

春雨过后，花开满地，虫鸣满院。我认为，"虫声新透绿窗纱"就是表达惊蛰最好的广告语。

春分

  经常有人问我最喜欢哪首唐诗，我总答不上来。因为喜欢的唐诗太多，没法区别哪个是"最"，哪个是"其次"。但无论如何，《金缕衣》是我印象最深的诗歌之一。它教我们及时行乐，也教我们珍惜时光，还教我们追求爱情、事业。它的感情既单纯又丰富，它的表达既婉转又强烈，它既质朴直白又摇曳多姿，它像诗又像歌，这不就是春天应该带给我们的感情吗？花开到了极盛，春天也就过半了。所以，人们才会有这样强烈的莫负好时光的情感吧。把这首《金缕衣》作为春分的礼物献给大家，"劝君惜取少年时"。

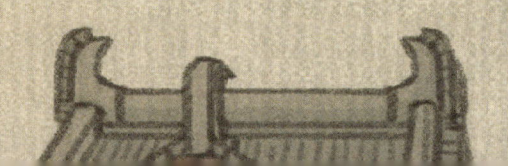

金缕衣①

杜秋娘

劝君莫惜金缕衣,劝君惜取少年时。
花开堪②折直须③折,莫待④无花空折枝。

我是谁？

我是杜秋娘，一个拥有美貌与智慧的江南女子。因为这首《金缕衣》，我的命运和那个兵荒马乱的晚唐紧紧地联系在了一起。故事有些长，想了解我坎坷的一生，请接着往下看。

注释

① 金缕衣：用金线编织的衣服，比喻荣华富贵。
② 堪：可以，能够。
③ 直须：不必犹豫。
④ 莫待：不要等到。

译文

劝你一定不要顾惜荣华富贵，而要珍惜永不回头的少年时光。

当花开可以折取的时候，要毫不犹豫地折取，不要等到花落，那时就只能折取空枝了。

这首诗好在哪儿呢?

"劝君莫惜金缕衣,劝君惜取少年时",两句都用"劝君"开头,"惜"字也两次出现,句式更是一模一样。正因为句式重复,句子的意思又截然相反,所以才给人留下特别深刻的印象。用金线编织的衣服当然贵重,可是作者却说"劝君莫惜金缕衣",可见还有比这更贵重的东西——少年时。正所谓"花有重开日,人无再少年"。

诗有三种表现手法:"赋""比""兴"。所谓"赋",就是铺陈,直抒胸臆。"劝君莫惜金缕衣,劝君惜取少年时"用两个相似句式告诉你,莫负好时光,珍惜少年时,这就是"赋"。"花开堪折直须折,莫待无花空折枝",这是"比"。把人生的美好比成花,让你赶紧去追求,去体味。世界上的一切机会、美好,都不会原地不动地等着你。这就是"花开堪折直须折,莫待无花空折枝"。

这两句话还是高度重复,"花"出现了两次,"折"出现了三次。但是,内容却又截然相反。前一句说"花开",后一句说"无花"。前一句说"须"怎样,后一句说"莫"怎样,从正、反两面表达同一种心情。前一句"花开堪折直须折"从正面讲"行乐须及春"。后一句"莫待无花空折枝"从反面讲"行乐须及春"。"行乐须及春",无非就是前两句"惜取少年时"的另一个说法,这两句诗的口吻一下子急切起来了。"花开堪折直须折","直须"这两个字多迫切呀;"莫待无花空折枝","空折"这两个字,又是多遗憾呀!前两句是在娓娓道来地劝你,后两句就是在大胆热情地鼓励你振作,更鼓励你莫负春光。

通篇看下来,这首诗用足了回环往复之美。前两句是莫什么、须什么,后两句是须什么、莫什么;前两句是反复地教你"惜",后两句是反复地催你"折"。这样回环往复,一唱三叹,真让人觉得荡气回肠。

课堂小彩蛋

诗人杜牧感慨于杜秋娘的传奇人生，到润州（今属江苏省镇江市）去看望她。

> 我一个女子，主宰不了自己的命运……

杜牧根据杜秋娘的经历，为她写了一首《杜秋娘诗》。

> 劝君莫惜金缕衣，劝君惜取少年时。

> 秋持玉斝醉，与唱《金缕衣》。

在那个颠沛流离的朝代，女子只能任人摆布，而杜秋娘凭借一首《金缕衣》度过了跌宕起伏的一生。

你还可以知道更多

杜秋娘和《金缕衣》的故事

《金缕衣》的作者是谁，其实是有争议的，人们只知道它是中唐时期一首著名的流行歌曲，有个歌女杜秋娘唱得最好，而且因为这首歌曲，拥有了一段传奇人生。所以在《唐诗三百首》里，它的作者干脆就写成了杜秋娘。

杜秋娘出生于润州，是个小户人家的女孩子。十五岁的时候，因为美貌成为浙西节度使李锜的侍妾。因为会唱《金缕衣》，和李锜相互呼应，唱得荡气回肠，最得李锜宠爱。后来，李锜仗着自己人多钱多，不甘心当一个封疆大吏，反抗朝廷想当皇帝。结果唐宪宗出兵平叛，李锜兵败被杀，杜秋娘则作为战利品，没入宫廷。

这当然是一件悲惨的事。不过，世界上的事情本来就是祸福相依，谁也没料到，唐宪宗也喜欢听《金缕衣》，杜秋娘一展歌喉，很快成为一代英主唐宪宗的心上人。这样的好日子过了十多年，唐宪宗被宦官杀害，儿子唐穆宗接班。

这时，无儿无女的杜秋娘本来命运堪忧，不料上天又一次眷顾了她。唐穆宗不知道是被她的歌喉打动，还是被她的风度打动，并没有为难她，反倒让她担任儿子漳王李凑的保姆。这个"保姆"不是我们今天带小孩的保姆，而是类似《红楼梦》中的教养嬷嬷，是个相当有身份的人生导师。于是，这首《金缕衣》又陪伴着漳王成长。在杜秋娘的保护、教育下，漳王成为大名鼎鼎的一代贤王。

中国古代一向善待保姆，杜秋娘也觉得晚年有了依靠。然而，世事难料，先是穆宗去世，漳王的哥哥接班当皇帝，即唐敬宗，但很快又被宦官杀掉。

再后来，漳王的另一个哥哥又接班当了皇帝，即唐文宗，他不想再被宦官杀掉，主动出手打击宦官。漳王既然贤明，自然支持哥哥。可是唐朝中后期，宦官专权已经积重难返，他们疯狂反扑，唐文宗差点被废，漳王则被削除王爵软禁起来，很快离世。保姆杜秋娘也被扫地出门。她回到故乡，穷老无依。

清明

　　清明节最脍炙人口的诗是杜牧的《清明》:"清明时节雨纷纷,路上行人欲断魂。借问酒家何处有?牧童遥指杏花村。"但这首诗并没有收录在《唐诗三百首》中。

　　现在的清明节,包含了古代的上巳(sì)节和寒食节。我选了一首《寒食》,希望大家知道,其实古代有很多节日,只是今天已经消逝了,但它们曾经有过自己的芳华,值得我们记住和珍惜。

寒食①

韩翃

春城②无处不飞花，寒食东风御柳③斜。
日暮汉宫④传蜡烛⑤，轻烟散入五侯⑥家。

我是谁？

我是韩翃（hóng），字君平。我最擅长写送别诗。建中年间，我因为这首《寒食》被唐德宗赏识，后来不断晋升，最终官至中书舍人。因为在诗坛有了一定的地位，我有幸跻身于"大历十才子"之列。

注释

① 寒食：古代在清明节前一到两天的节日，禁火三天，只吃冷食，所以称寒食。

② 春城：暮春时的长安城。

③ 御柳：皇城中的柳树。

④ 汉宫：这里指唐朝皇宫。

⑤ 传蜡烛：寒食节普天下禁火，但权贵宠臣可得到皇帝恩赐的燃烛。

⑥ 五侯：有两个说法，一个说法是，西汉成帝时，外戚尊贵，王皇太后的五个兄弟（王谭、王商、王立、王根、王逢）同时受封为侯，合称"五侯"；另一个说法是，东汉桓帝时，宦官势力强大，五个宦官（单超、左悺、徐璜、具瑗、唐衡）在同一天都封了侯，也叫"五侯"。

译文

春天的长安城里春深如海、飞花扑面，寒食节的东风吹斜了皇宫御苑里的柳枝。

傍晚时分，从皇宫里走出一队举着高高蜡烛的人马，蜡烛的轻烟随风飘散，一路飘向权贵人家。

这首诗好在哪儿呢?

第一句"春城无处不飞花",时维春日,地属都城,春和城连接,非常雄壮。"无处不飞花",是一个双重否定表示强烈肯定。诗中最精彩的地方在"飞"字。为什么要写无处不飞花,不写无处不开花呢?开花是开在地面上;而飞花,则是从地上又飞到天上。"飞"字多灵动啊,春风卷着缤纷落花,这是多么动人的场景啊。一个"飞"字,诗眼就出来了。寒食在春分之后,已经算是晚春了,一句"春城无处不飞花",整个长安城春深如海、飞花扑面的景象马上如在眼前,真是一幅又轻盈又壮阔的长安城春日全景图。

第二句"寒食东风御柳斜",从全景转到了细节。御苑中的柳丝随风起舞,斜斜地飞上了天。本来风是无形无影、最难描述的,但是通过花之飞、柳之斜,一下子让我们感受到了春风的力量。而且,随着这句诗,整个春光图也找到了一个焦点——皇宫。其实在古代,春风往往不仅仅指春风本身,它还有帝王的意象。

下一句"日暮汉宫传蜡烛",这是从风景转到人的活动了。皇宫里的人在干什么呢?诗人用的是汉宫,以汉比唐,是唐诗的传统。所以傍晚时分,从唐朝的皇宫里走出了马队,传出了蜡烛。

最后一句"轻烟散入五侯家",因为寒食禁火,到了傍晚,整个长安城都暗淡下来了,这时,一队人马举着蜡烛从皇宫里飞奔而出,蜡烛的轻烟随风飘散,一路飘向了权贵人家。这两句写得真传神,让人如见蜡烛之光,如闻轻烟之味。

把这四句话合到一起,前两句写白天的风景,后两句写夜晚的风情,一幅长安寒食节的立体画已经跃然纸上。随着"飞""斜""传""散"四个动词,从长安城转到了皇宫禁苑,又从皇宫禁苑转到了五侯豪门,转得轻灵跳脱、神采飞扬。这幅画面的焦点是皇宫,那统领这些场景的力量是什么?是东风。是东风在让花飞、让柳斜、让烟散。这东风既来自自然，也来自皇帝，这才能接到"日暮汉宫传蜡烛，轻烟散入五侯家"，接到皇帝的恩典。白日飞花，夜晚飞烟，真是春风浩荡、皇恩浩荡，可是呢，又写得那么有灵气，不沉不重，有如风舞落花。这就叫以清丽之笔写承平气象。

课堂小彩蛋

你的才华，总有一天会光芒万丈。

一天到晚地写诗，也没看到写出什么名堂来。

韩翃

好诗！……韩翃作。

惜才，天下才有未来。

李适（唐德宗）

韩兄，你这颗金子终于发光了。

韩翃

每个人都有自己喜欢和擅长的事,但并不是所有的才华都能被赏识,俗话说,"千里马常有,而伯乐不常有"。如果有喜欢的事,就一定要坚持做下去。将来的某一天,它会让你成为闪闪发光的人。

你还可以知道更多

1. 上巳节是怎么回事呢?

现在的清明节,是古代上巳节、寒食节、清明节三个节日的合并。而且更早的时候,上巳节也罢,寒食节也罢,都比清明节的名气大。上巳节本来是三月的第一个巳日,按照风俗,这一天要在水边洗涤污垢,祈求平安。孔子所谓"莫春者,春服既成,冠者五六人,童子六七人,浴乎沂,风乎舞雩,咏而归",讲的就是上巳节沐浴祭祀的风俗。到魏晋南北朝,上巳节的时间就固定在三月三日,节日的内容也变成了水边的宴饮和踏青,杜甫《丽人行》里"三月三日天气新,长安水边多丽人",讲的就是上巳节游春的风俗。

2. 寒食节是怎么回事呢?

寒食节是在冬至之后的第一百〇五天,也就是清明节前的一到两天。这一天最重要的风俗就是禁烟火,大家都只吃冷饭,所以叫寒食节。据说寒食节起源于春秋时期晋文公悼念被烧死在山西绵山的介子推。后来,这个节日又增加了祭祀这个重要内容。从汉到唐,寒食节一直是民间第一大祭日,历朝历代都要放假,让人回乡祭祖扫墓。白居易所谓"棠梨花映白杨树,尽是死生离别处",讲的就是寒食节扫墓的情景。

3. 清明节又是怎么回事呢？

清明本来不是节日，它就是一个节气，因为"气清景明，万物皆显"，所以叫作清明。大概因为中国是农业大国，大家对节气特别敏感，清明的地位从唐朝开始逐渐提升，到了宋朝以后，干脆合并了上巳节、寒食节两个节日，从上巳节那里吸收了游春的内容，又从寒食节那里吸收了祭扫的内容，这才演变成了今天的清明节。

4. 唐朝的皇宫里为什么要传蜡烛呢？

这就涉及寒食节和清明节的风俗了。按照唐朝的制度，寒食节这天，全国上下不能举火，只有皇宫特殊，可以点蜡烛。那为什么又要传蜡烛呢？这就涉及当时的另一个制度了。唐朝风俗，清明节这一天由皇帝宣旨，取榆柳之火赐近臣，以示恩宠。不知大家注意到没有，赐近臣新火是在清明节，而天下禁火，只有皇宫可以点蜡烛是在寒食节。我们刚刚说过，寒食节在清明节之前一两天，所以这里面本来是有一两天的时间差的，可是皇帝为了表示额外的恩宠，在寒食节的当晚就借赐新火这个风俗，往皇宫外赏赐蜡烛了。

谷雨

　　所谓谷雨,就是"雨生百谷"的意思,民谚有"谷雨前后,种瓜点豆"的说法,尤其让人觉得"春雨贵如油"。这时,如果有一场好雨知时而降,无论是谁,都会心生喜悦。通过王维的《奉和圣制从蓬莱向兴庆阁道中留春雨中春望之作应制》,我们可以领略到雨中长安城的气派。

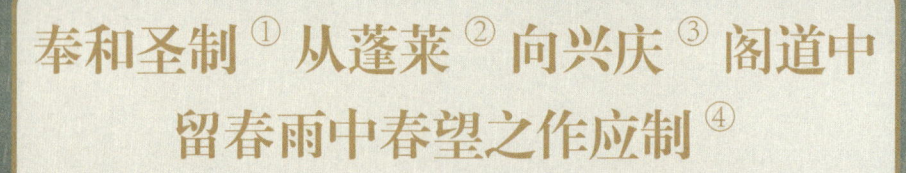

奉和圣制①从蓬莱②向兴庆③阁道中留春雨中春望之作应制④

王维

渭水⑤自萦秦塞⑥曲,黄山⑦旧绕汉宫斜。
銮舆⑧迥出⑨千门柳,阁道回看上苑⑩花。
云里帝城双凤阙⑪,雨中春树万人家。
为乘阳气⑫行时令,不是宸游⑬玩物华⑭。

我是谁？

我是王维（701—761），字摩诘，号摩诘居士。因官至尚书右丞，所以世称我为"王右丞"。我喜欢写诗、画画，尤其擅长写山水田园诗，是山水田园诗派的代表，有"诗佛"之称。我的诗画被苏轼评价为："味摩诘之诗，诗中有画；观摩诘之画，画中有诗。"但人的一生真的如诗画那样美好吗？

注释

① 圣制：皇帝写的诗。

② 蓬莱：指大明宫，位于宫城东北。

③ 兴庆：兴庆宫，由唐玄宗旧居五王子宅所在的兴庆坊改建，在宫城东南角。

④ 应制：指应皇帝之命而作。

⑤ 渭水：即渭河，黄河最大支流，在陕西省中部。

⑥ 秦塞：长安城郊，古为秦地。

⑦ 黄山：黄麓山，在今陕西省兴平市北。

⑧ 銮舆（luán yú）：皇帝的乘舆。

⑨ 迥出：远出。

⑩ 上苑：泛指皇家的园林。

⑪ 双凤阙：指大明宫含元殿前东西两侧的翔鸾、栖凤二阙。阙：宫门前的望楼。

⑫ 阳气：指春气。

⑬ 宸（chén）游：指皇帝出游。

⑭ 物华：美好的景物。

译文

自东向西放眼望去，看到曲折的渭水萦绕着秦朝的关塞，黄山斜倚环抱着汉朝的宫殿。

皇帝的车辇行走在架于空中的阁道，一道道宫门、一行行垂柳尽收眼底。从阁道回望，上苑里一片繁花如锦似霞。

云雾缭绕，广阔的长安城里只有宫门前一对凤阙昂然挺立；春雨茫茫，万家攒聚，一株株春树尽情享受着雨水滋润。

春色醉人，但皇帝从大明宫到兴庆宫出游，不是为了玩赏春色，而是顺天时而行时令，这正是在履行他的职责。

这首诗好在哪儿呢？

这首诗的题目分三部分："奉和圣制"是一部分；"从蓬莱向兴庆阁道中留春雨中春望之作"是一部分；"应制"又是一部分，代表这是一首"应制诗"，即奉皇帝的命令而写的诗。

首联："渭水自萦秦塞曲，黄山旧绕汉宫斜。"诗人从东向西放眼望去，看到渭水曲折地萦绕着秦朝的关塞，黄山斜倚环抱着汉朝的宫殿。诗人不仅看到了雄壮的山河，更看到了历史的风烟，非常有气象。

首联是远看。颔联是回看："銮舆迥出千门柳，阁道回看上苑花。"从阁道往大明宫方向看去，一道道宫门、一行行垂柳如列队一般由近及远，尽收眼底，这是"銮舆迥出千门柳"。那"阁道回看上苑花"呢？从阁道回望，远方上苑里一片繁花如锦似霞。花和柳相对，柳是一列，这是纵向的景观；花是一片，是横向的景观。一纵一横，柳绿花红，真是看不尽的春色。

最漂亮的景色出现在颈联中："云里帝城双凤阙，雨中春树万人家。"这是四望，看长安城的全景。云雾缭绕，广阔的长安城里，只有宫门前一对高高的凤阙昂然挺立，好像凌空飞起；再往周围望去，春雨茫茫，万家攒聚，一株株春树尽情享受着雨水的滋润，格外生机勃发。在细密的雨帘之下，凤阙、春树和人家交相辉映，高出的是凤阙，平面的是春树和人家。上一联是一纵一横，这一联是一上一下，真是一幅立体的春雨长安图啊！

正因为有上天的雨露和皇帝的恩泽，长安城才能这样美好繁盛，这才是凤阙与人家相对的真正含意。这不是简单的景色描写，而是在颂圣。但是，颂得那么自然含蓄，让人舒服，这就是本诗的高明之处。

尾联："为乘阳气行时令，不是宸游玩物华。"虽然春色醉人，但皇帝从大明宫到兴庆宫的出游，并非为了玩赏春色，而是顺应阳气，顺天时而行时令，这是在履行皇帝的职责。应制诗的主题是颂圣，无论写什么，最后都要歌颂皇帝。即使皇帝没有做什么伟大的事情，也要帮他找出伟大的意义。

课堂小彩蛋

古代的皇帝和我们现代人一样，都想有一座自己的大房子。

夏天到了，李世民想对父皇李渊表达一下他的孝心。

父皇，东边依山傍水，儿子给您建座避暑的宫殿。

你有孝心，父皇欣慰！

唐高宗李治想让大明宫成为唐朝的政治中心。

皇上，大明宫不足以彰显我大唐气象。

爱卿啊，这件事就交给你了。以后朕就在这里批折子了。

是。

李治（唐高宗）

到了唐玄宗时期，他也想要一座自己的宫殿。

兴庆坊太小了，朕要建一座富丽堂皇的宫殿。

陛下，兴庆坊风水好，臣觉得不如就在此扩建。

正合朕意，就建一座兴庆宫。

李隆基（唐玄宗）

皇帝在长安城往来穿梭，既扎眼又不安全，开元二十三年（735），人们修建了一条从大明宫直通兴庆宫的空中走廊，有点像现在的过街天桥，称为阁道。

你还可以知道更多

山水田园诗派

　　唐代的诗歌流派，内容以反映田园生活、描绘山水景物为主，继承和发展了陶渊明的田园诗和谢灵运、谢朓等人的山水诗。代表人物有盛唐的王维、孟浩然等，中唐的韦应物、柳宗元等。他们的作品多为五言古体和五言律绝，意境幽深，较多地反映了闲适淡泊的思想情感，其中以王维的成就为最高。

在中国古代诗词里，写春天和秋天的诗多，写夏天和冬天的诗少。

　　夏天太热，冬天太冷，大家都躲在屋子里，整个人都不活跃，诗兴也就没那么活跃了。不过，夏天自有夏天的好处。"接天莲叶无穷碧，映日荷花别样红"，大自然到了夏天，最是蓬勃热烈。与之相反，"冰肌玉骨，自清凉无汗。水殿风来暗香满"。人到了夏天，却往往要寻求一分由内而外的清凉，愿意静下来思考，静下来体味。这样一来，写夏天的诗也就有了一分清淡的禅意，和自然的缤纷热闹相映成趣。动静相宜，冷暖有度，这才是中国人追求的境界！

夏

给孩子的趣味唐诗课

立夏

　　夏天的第一个节气是立夏。古人说:"孟夏之月,天地始交,万物并秀。"太阳大了,雨水多了,大自然也随之沸腾,满眼只见卉木萋萋,百草丰茂。白天,人待在太阳底下汗流浃背的时候,不免会有点儿烦躁;但到了夜晚无事的时候,走到临水的凉亭里,眼看着天色暗下来,月亮升起来,再有一缕凉风吹过来,一丝暗香飘过来,又会怎样呢?

夏日南亭①怀辛大②

孟浩然

山光忽西落,池月渐东上。
散发乘夕凉,开轩③卧闲敞。
荷风送香气,竹露滴清响。
欲取鸣琴弹,恨④无知音赏。
感此⑤怀故人,中宵⑥劳⑦梦想⑧。

我是谁？

我是孟浩然（689—740），字浩然，襄州襄阳（今属湖北省）人，早年隐居鹿门山。我的诗大多是写眼前景、身边人，因此我成为唐代著名的山水田园派诗人。我的诗与盛唐另一山水田园诗人王维的诗齐名，因此我们被合称为"王孟"。

注释

①南亭：在孟浩然家乡襄阳的岘山。
②辛大：孟浩然的朋友，排行老大，疑即辛谔。
③开轩：开窗。
④恨：遗憾。
⑤感此：有感于此。
⑥中宵：中夜，半夜。
⑦劳：苦于。
⑧梦想：想念。

译文

夕阳一下子就西沉了，池塘上空皎洁的月亮从东边缓缓升起。
夜晚我披散着头发乘凉，打开窗子躺在幽静宽敞的地方。
拂过荷花的风带着荷花的香气，风吹过竹林，竹叶上的露水滴落下来，发出清幽的声响。
我想取来古琴弹奏一曲，可惜没有知音欣赏。
面对此情此景，我更加思念故人，半夜在梦中也苦苦地想念他。

这首诗好在哪儿呢？

前两句："山光忽西落，池月渐东上。"南亭依山傍水而建，诗人看到夕阳一下子落到山的那一边，又看到素月从池塘上空缓缓升起。所谓"一切景语皆情语"，诗人看到此景，烦躁随着日落一起丢掉，而喜悦随着月亮一起慢慢升起。享受着淡淡清辉，真是惬意。

下两句："散发乘夕凉，开轩卧闲敞。"散发是一种自在闲适的状态。古代成年人都要束发戴冠，只有在家闲居时才能披散头发。所以散发本身就意味着自在，引申开来，不受官场约束，归隐江湖也叫散发。孟浩然傍晚纳凉，散发本来是事实描述，但是因为这两个字自带的归隐气息，我们又能感受到诗人那种飘然出世的自在感。那为什么又说闲适呢？因为"开轩卧闲敞"。皓月当空，南亭四面的窗子都打开了，诗人就躺在窗下，披着头发，跷着二郎腿，真是神仙一般的生活。

这时候，风来了："荷风送香气，竹露滴清响。"拂过荷花的风，带着荷花的清香。这风吹过竹林，竹叶上的露水摇摇晃晃地掉下来，发出清幽的声响。这不是在夜里吗？诗人什么也没看到，只是听到了露的声音，闻到了花的香气。大家也可以闭上眼睛想一下，竹露荷风，淡淡的香气、幽幽的声响都被诗人捕捉到，环境得多安静，人心得多平静啊！竹露荷风都是天籁。中国人不是讲天人合一吗？诗人被这天籁打动，忽然兴动，想跟天呼应一下。

怎么呼应呢？"欲取鸣琴弹，恨无知音赏"。他想把古琴取来，弹奏一曲。古琴可是中国古代乐器中最古老、最清雅的一种了。泠泠琴声，正好可以和这清静的环境、清静的心情相配。可是此时此刻，知音却不在身边。孟浩然虽然"欲取鸣琴弹"，但终究没有去拿。良辰美景、赏心乐事却无人分享，惆怅油然而生，这就是"恨无知音赏"，也是点题了。辛大是诗人的知音，诗人多么希望他此刻就在身边，听诗人弹琴，陪诗人赏月呀！但是，此事古难全。

最后两句："感此怀故人，中宵劳梦想。"面对此情此景，我更加想念故人，半夜在梦中也苦苦地想念，就让你我在梦中相会吧。从黄昏时分的夕阳西下，到入夜之后的竹露荷风，再到此刻夜深入睡，期待故人入梦，全诗一气呵成，自然醇厚，余韵悠长。毫无疑问，诗人在南亭度过了一个美好的夏夜，虽然有点知音不在的小惆怅，但总的说来，诗人并不苦闷，而且还期待在梦境中与知音相见，以弥补此时不见的遗憾。

课堂小彩蛋

有一次，孟浩然来到王维工作的地方，两人正在喝酒聊天，谁料遇见了唐玄宗。

王维兄，我想用自己的聪明才智报效国家，可英雄无用武之地啊！

王维

孟浩然

皇上御驾到！

朕来对地方了。

李隆基（唐玄宗）

王维

皇上心情如此好，臣再给您锦上添花。

孟浩然紧张到躲到了桌子底下。

孟浩然

既然这么有才，把新作的诗念来听听。

李隆基（唐玄宗）

孟浩然

……不才明主弃……

王维

你还可以知道更多

一生布衣的孟浩然

　　孟浩然是一位隐士,而且是唐朝鼎鼎有名的隐士,连李白都很崇拜他,曾写下"吾爱孟夫子,风流天下闻"(《赠孟浩然》)的名句。

　　孟浩然一生布衣,没有别人那样漫长的宦游经历,接触的人也少,大部分是身边的亲朋好友。所以他的诗大多数是写眼前景、身边人,不像李白,一会儿是望庐山,一会儿是写蜀道难,一会儿写英雄,一会儿写神仙。孟浩然没有那么大气磅礴,但能把小场景、小人物、小心情写好,也是一种大本事。

母亲节

在中国传统文化中，属于夏天的节日就是端午节和七夕节。但在今天，世界联系越来越紧密，一些外国的节日也走进了中国人的生活，让我们感受到别样的快乐。比如母亲节，这是源于美国的一个节日，在每年5月的第二个星期日。所以，我们把跟母亲有关的诗篇放在夏日部分。

游子①吟

孟郊

慈母手中线，游子身上衣。
临②行密密缝，意恐③迟迟归。
谁言④寸草⑤心⑥，报得三春⑦晖⑧。

我是谁?

我是孟郊(751—814),字东野,湖州武康(今浙江省德清县)人,早年隐居在嵩山。我常因感伤遭遇而作诗,所以诗作多为寒苦之音。我与韩愈是好朋友,并称为"韩孟";我与贾岛齐名,有"郊寒岛瘦"之说。

注释

① 游子:指诗人自己,离乡远游的人。
② 临:将要。
③ 意恐:担心。
④ 言:说。
⑤ 寸草:小草,这里比喻子女。
⑥ 心:语义双关,既指草木的茎干,也指子女的心意。
⑦ 三春:旧称农历正月为孟春,二月为仲春,三月为季春,合称三春。
⑧ 晖:阳光。

译文

慈母在灯下为即将远行的儿子一针一线地赶缝衣服。

儿子临行前她一针一线密密地缝着,担心儿子回来得晚衣服破了。

谁敢说如小草般游子的孝心,能报答如春晖般慈母多年的牵挂和辛劳呢?

这首诗好在哪儿呢？

前两句："慈母手中线，游子身上衣。"这是从细节切入，一开始就提供了一个人们最熟悉的生活细节，慈母在给远行的游子缝衣服。这个切入点太漂亮了。第一，它最符合母亲的身份；第二，它最能牵动人心。中国古代家庭分工，男耕女织，母亲每天最重要的活动就是纺纱织布，缝补衣衫。因此，缝衣服的母亲，本身就是最典型的母亲形象。因为母亲挑灯缝衣，几乎是最有可能定格在游子心中的场景了。一根线，把慈母和游子牢牢地牵在了一起。这根线，就是母子之间长长的情丝呀。

从缝衣服的动作入手，下面该讲心情了。下两句："临行密密缝，意恐迟迟归。"真是体贴入骨。一针一线地缝衣服当然辛苦，但母亲可绝不偷工减料，她会把针脚缝得比平时更细更密，似乎要将衣服变成铠甲。因为游子的行踪哪能定得那么准呢？"只说是三四月，又谁知五六年"不是常有的事吗？万一儿子好几年都不回来怎么办？万一他的衣服在外面破了又没人缝补怎么办？孩子在母亲的眼里永远那么幼小、那么无助，所以她愿意尽自己最大的努力去替他想在前头，预防在前头。母亲的牵挂，就在这千针万线中啊。

"慈母手中线，游子身上衣。临行密密缝，意恐迟迟归"，四句纯粹是白描；慈母的形象已经跃然纸上，而且那么栩栩如生，感人至深，以至于有人评论说，这首诗到这里已经很完美，可以结束了。如果到这里戛然而止，会显得更加含蓄蕴藉，余韵悠长。真的是这样吗？我不同意，因为这不是一般人在写诗，而是一个年过五十的游子在向垂垂老矣的母亲倾诉，这不是在讲技巧，而是多少年压抑的感情喷薄而出。

最后两句："谁言寸草心，报得三春晖。"春天的阳光照耀着小草发芽、成长。小草也在努力向上，拥抱着阳光。可是，小草微弱的努力，怎么能够报答太阳于万一呢？这大概就是五十岁的孟郊最深沉的感喟了吧？可是，正如小草永远也无法报答阳光一样，游子如此微薄的心意，又怎能报答母亲那么多年的牵挂和辛劳呢？如此形象的比喻，又是如此天悬地隔的对比，直接冲击着我们的情感，让每个人，特别是每个经历过人生坎坷的成年人都产生深深的共鸣，恨不得立刻来到母亲面前。同时，它又是如此直白，如此温暖，让小朋友读起来也朗朗上口，孝敬之心油然而生。

课堂小彩蛋

孟郊小时候，一个钦差大臣来到他的家乡了解民情。小孟郊看到县太爷大摆宴席，为钦差大人接风。

听了小孟郊的话后，县太爷顿觉羞愧，原来他请钦差大臣吃的是救济粮。

你还可以知道更多

《诗经·小雅·蓼莪》（节选）也是一首感人的亲子之歌

父兮生我，母兮鞠我。
拊我畜我，长我育我，
顾我复我，出入腹我。
欲报之德，昊天罔极！

这首诗是对父母之恩的全方位描述：生我，鞠我，拊我，畜我，长我，育我，顾我，复我，腹我。九个动词，九个"我"，何等朴拙的语言，何等急促的音调！父母这样全方位地保护我、照顾我，自然也就逼出了下面一句话：欲报之德，昊天罔极！这种高天厚地之恩，我是永远也报答不了呀！

这首诗和孟郊的《游子吟》都是写亲子之情，但在情感基调上，《诗经·小雅·蓼莪》是献给去世父母的挽歌，因此它是沉痛的，有点字字血、声声泪的感觉；而《游子吟》则带着迎接老母的欣慰，显得非常温暖。

端午节

　　端午节是夏天的第一大节,最早是百越民族拜祭龙祖、祈福辟邪的节日,后来传遍大江南北,甚至传到了海外,传遍了整个儒家文化圈。

　　传说端午节起源于屈子投江,所以又叫诗人节。在历史上,很多诗人都写过端午诗篇。我要跟大家分享的,不是那种直接描写节日场面的典型节日诗,而是李白的《江上吟》。从题目看,这首诗跟端午节并不直接相关,为什么要把它算作端午诗呢?第一,它写了江上划船,这是端午节的经典活动;第二,他写了屈原,这是端午节的精神象征。

江上吟

李白

木兰①之枻②沙棠舟③,玉箫金管④坐两头。
美酒樽中置⑤千斛⑥,载妓随波任去留。
仙人有待乘黄鹤⑦,海客无心随白鸥。
屈平⑧辞赋悬日月,楚王台榭⑨空山丘。
兴酣落笔摇五岳⑩,诗成笑傲凌⑪沧洲⑫。
功名富贵若长在,汉水⑬亦应西北流。

我是谁？

我是李白（701—762），字太白，号青莲居士。大家都知道我喜欢饮酒作诗，也爱交朋友，所以我又有"谪仙人"的称号。因为擅长写浪漫主义诗歌，我被后人誉为"诗仙"，还与好朋友杜甫并称为"李杜"。

注释

① 木兰：即辛夷，香木名，可造船。

② 枻：同"楫"，舟旁划水的工具，即船桨。

③ 木兰之枻、沙棠舟：形容船和桨的名贵。

④ 玉箫金管：用金玉装饰的箫笛，此处指吹箫笛等乐器的歌妓。

⑤ 置：盛放。

⑥ 千斛：形容船中置酒极多。古时十斗为一斛。

⑦ 乘黄鹤：这里借用黄鹤楼的神话传说。黄鹤楼在今湖北省武汉市黄鹤山上，旧传仙人子安曾驾黄鹤过此，因而得名。

⑧ 屈平：即屈原。

⑨ 台榭：台上建的房屋叫榭，这里泛指亭台楼阁。

⑩ 五岳：指东岳泰山、西岳华山、南岳衡山、北岳恒山、中岳嵩山，此处泛指山岳。

⑪ 凌：凌驾，高出。

⑫ 沧洲：江海，古时隐士居处。

⑬ 汉水：发源于今陕西省宁强县，东南流经湖北襄阳，至汉口汇入长江。汉水向西北倒流，比喻不可能的事情。

译文

以木兰为桨、沙棠为舟，手持玉箫金管的歌妓坐在船的两头。

载着千斛美酒和美艳歌妓的小船，在江中随波逐流。

仙人要想上天，也只能等待黄鹤，而一个没了世俗心机的人，却能和白鸥一样自由自在。

屈原凭借《离骚》《天问》，与日月争辉；而楚王建的那些亭台楼阁，如今只剩下荒芜。

我兴酣落笔，能够摇撼五岳；我诗成笑傲，可以凌驾江海。

如果功名富贵能够长久，汉水恐怕就要向西北回流。

这首诗好在哪儿呢？

前四句："木兰之枻沙棠舟，玉箫金管坐两头。美酒樽中置千斛，载妓随波任去留。""木兰之枻沙棠舟"，就是以木兰为桨，以沙棠为舟。木兰，就是辛夷，一种名贵的香木；沙棠，根据《山海经》的记载，它的果实可以吃，而且吃了能避水，就不会溺死。当年汉成帝和赵飞燕一起泛舟太液池，划的就是沙棠舟。拿木兰枻配沙棠舟，这不是写实，而是形容极尽华贵之能事。

接下来，第二句就更华丽了——玉箫金管坐两头。玉箫金管，就是用玉装饰的箫，用金装饰的管。手持玉箫金管的歌妓坐在船的两头，有这样华贵的乐器，她们吹奏的音乐该是何等动听啊！

下面两句："美酒樽中置千斛，载妓随波任去留。"美酒千斛，何等阔绰、豪爽；载妓随波，何等自在、潇洒！把木兰枻、沙棠舟、玉箫、金管、美酒、名妓等这些意象放在一起，真漂亮，真富贵，简直如同神仙世界！这就是李白的特点啊，他写什么都美，写什么都夸张，写什么都理想化，这就是色。

那声呢？这四句诗有三句押韵，舟也罢，头也罢，留也罢，押平水韵的十一尤，音调都非常铿锵。前四句本来是江上游的一个即景画面，声色俱美，让人觉得诗酒之兴尽矣，声色之娱极矣！

下四句："仙人有待乘黄鹤，海客无心随白鸥。屈平辞赋悬日月，楚王台榭空山丘。"这四句对仗工整。

第一联："仙人有待乘黄鹤，海客无心随白鸥。""仙人有待乘黄鹤"，用的是仙人子安骑鹤飞临黄鹤楼的传说。而"海客无心随白鸥"，用的是《列子·黄帝篇》里的典故。李白是说，就算是仙人，要想上天，也只能等待黄鹤，不能随心所欲；而作为一个海客，一个已经没有世俗心机的人，却能物我两忘，和白鸥一样自由自在。如此说来，就算神仙，都不如海客自在呢！这海客就是诗人自己。李白一向笑傲王侯，此刻挟妓纵酒，更觉得豪气干云，神仙都不放在眼里，更何况世上的王侯将相呢！这个意思一出来，再加上又是泛舟江上，他自然而然地想到了和自己一样的屈原，于是下一联也就顺理成章："屈平辞赋悬日月，楚王台榭空山丘。"

屈平就是屈原，他只是一个失意的臣子、一个孤高的诗人，还被谗遭贬，自沉汨罗，看起来很可怜吧？楚王是楚国的最高统治者，要权有权，要势有势。楚灵王的章华台、楚庄王的钓台，在历史上都是出了名的奢侈繁华。以世俗的眼光来说，屈原哪里比得上楚王？可是，"屈平辞赋悬日月，楚王台榭空山丘"。屈原凭借着《离骚》《天问》这样伟大的诗篇，而与日月争光，永垂不朽，而楚王建起的那么多亭台楼阁都到哪里去了？如今只剩下一片荒丘，其人也早就被人遗忘了！以海客对仙人，以屈原对楚王，这本来都是以卑对尊、以下对上，但是，对比之后，胜出的不是神仙王侯，而是诗人海客，这是何等自信、何等骄傲呀！

"兴酣落笔摇五岳，诗成笑傲凌沧洲。"我兴酣落笔，能够摇撼五岳；我诗成笑傲，可以凌驾江海。这是多大的口气呀！

接着，"功名富贵若长在，汉水亦应西北流。"这功名富贵其实承接的是楚王台榭，它是把楚王台榭抽象化了，同时又把笑傲的内容具体化了。诗人笑傲的是世人汲汲营求的功名利禄。这是一种强烈的否定，他甚至拿一种根本不可能出现的自然现象来对比富贵的长久。

大家都知道，汉江发源于陕西，汇入长江，又奔向大海，大江东去，势不可当。它会往西北回流吗？当然不会。那么，富贵功名会长久吗？当然也不会！这就是用根本不可能的事情来做假设，表达一种不可抗拒的否定，这样的否定相当具有感染力。既然富贵不常，何不任情泛舟呢？

李太白在讴歌文章，讴歌自由。他在唾弃富贵，唾弃世俗。这样的高调是了不起的，而且，他的高调之中还带着一点"痛饮狂歌空度日，飞扬跋扈为谁雄"的伤感，带着建功立业、不负光阴的渴望。这就是李白的真性情，也是大唐的真精神。

课堂小彩蛋

李白是一个超级自信的人,这在他的诗中表现得淋漓尽致。

仰天大笑出门去,
我辈岂是蓬蒿人。

天生我材必有用,
千金散尽还复来。

兴酣落笔摇五岳,

诗成笑傲凌沧洲。

你还可以知道更多

什么是歌行体？

　　《江上吟》，从"吟"字就知道，这是一首歌行。所谓歌行，其实就是七言古诗。有的叫歌，比如白居易的《长恨歌》；有的叫行，比如白居易的《琵琶行》；有的直接叫歌行，比如高适的《燕歌行》；还有的叫谣，比如李白的《庐山谣寄卢侍御虚舟》；也有的叫吟，比如李白的《梦游天姥吟留别》；还有的诗，并没有这些标志性的字词，但也是歌行，比如李白的《将进酒》。唐代很多大诗人都作过歌行体，但是写得最多、最好的还是李白。为什么呢？因为这种文体和他的气质最吻合。明朝文学家徐师曾在《文体明辨》中说得好："放情长言，杂而无方者曰歌；步骤驰骋，疏而不滞者曰行；兼之者曰歌行。"所谓歌行，就是放情长歌，驰骋千里。李白才气大、热情高，写起歌行体自然是得心应手。

小满

夏天到了，雨水越来越多。俗话说："春雨贵如油，夏雨遍地流。"好像夏天的雨并不稀罕，但事实上，夏天的雨水对农业也一样重要，特别是在小满这个节气。江南的谚语说，"小满不满，干断田坎""小满不满，芒种不管"。小满就是要有满满的雨水，然后才能期待满满的收成。

积雨辋川庄①作

王维

积雨空林烟火迟,蒸藜②炊黍③饷东菑④。
漠漠水田飞白鹭,阴阴夏木啭⑤黄鹂。
山中习静⑥观朝槿,松下清斋折露葵⑦。
野老⑧与人争席罢⑨,海鸥何事更相疑?

我是谁？

我是王维（701—761），字摩诘，号摩诘居士。因官至尚书右丞，所以世称我为"王右丞"。我喜欢写诗、画画，尤其擅长写山水田园诗，是山水田园诗派的代表，有"诗佛"之称。我的诗画被苏轼评价为："味摩诘之诗，诗中有画；观摩诘之画，画中有诗。"但人的一生真的如诗画那样美好吗？

注释

① 辋（wǎng）川庄：即王维在辋川的宅第，在今陕西蓝田终南山中，是王维隐居之地。

② 藜（lí）：一年生草本植物，嫩叶可食。

③ 黍（shǔ）：谷物名，古时为主食。

④ 饷东菑（zī）：给在东边田里干活的人送饭。菑：已经开垦了一年的田地，此泛指农田。

⑤ 啭（zhuàn）：小鸟婉转地鸣叫，这里指鸟的婉转啼声。

⑥ 习静：指习养静寂的心性，亦指过幽静生活。

⑦ 葵：葵菜。葵为古代重要蔬菜，有"百菜之主"之称。

⑧ 野老：村野老人，此指作者自己。

⑨ 争席罢：指自己要隐退山林，与世无争。

译文

连日雨后，在树林稀疏的村落里，连炊烟都上升得特别慢。做好饭菜，给正在村东头田里干活的人送去。

广阔的水田里白鹭翩然飞起，浓密的树林里黄鹂婉转欢唱。

安养在深山里，观看木槿花朝开夕落；幽栖于长青松林下，摘些带露水的葵菜下饭。

我已经不参与世俗争斗，隐退山林了，海鸥为什么还要猜疑我呢？

这首诗好在哪儿呢？

首联："积雨空林烟火迟，蒸藜炊黍饷东菑。"这真是一幅烟火气十足的田家乐。"积雨空林烟火迟"，一连下了几天雨，空气湿度大，火自然难烧，连炊烟上升得都特别慢。

"蒸藜炊黍饷东菑"，"蒸藜炊黍"，简单来说就是烧菜做饭的意思，但又不是一般的饭菜，而是最简单的粗茶淡饭。为什么一定要强调是粗茶淡饭呢？因为做饭的目的是"饷东菑"，就是给在村东头的土地上干活儿的人送饭。

"积雨空林烟火迟，蒸藜炊黍饷东菑。"让我们仿佛一下子就看到了雨雾笼罩的村庄、房屋，上空低回的炊烟，还有村子里忙碌的农妇，这是多么富有生活气息的场景啊！而且，因为农妇要饷东菑，我们的目光自然而然地转向了村外的土地。

颔联："漠漠水田飞白鹭，阴阴夏木啭黄鹂。"在广阔的水田上，白鹭翩然飞起；在浓密的树林里，黄鹂婉转欢唱。这一联真是美极了。首先是颜色搭得好，一只白鹭，一只黄莺，颜色多漂亮啊！长满了水稻的水田是绿色的，夏天的树林也是绿色的。虽然诗句中只出现了黄和白，但我们还能自动脑补进去深深浅浅的绿，这是多么干净、多么明媚的画面啊！

颈联："山中习静观朝槿，松下清斋折露葵。"真清寂，真有禅意！木槿花朝开夕落，诗人养静于深山之中，看到木槿朝荣夕败，自然能够领悟人生的荣枯无常，这是"山中习静观朝槿"。"松下清斋折露葵"是说幽栖于万古长青的松林之下，只摘些带着露水的葵菜下饭，守素长斋。

尾联："野老与人争席罢，海鸥何事更相疑？"诗人连用了两个典故。第一个典故是争席。在《庄子·寓言》里，有个叫杨朱的学者去跟从老子学道，路上旅舍主人小心翼翼地招待他，其他客人也都给他让座。等他学成归来，其他的客人却不再让座，相反，都和他"争席"抢座位了。因为杨朱通过学习已懂得自然之道，不再显得与众不同了。第二个典故是海鸥，《列子·黄帝篇》中讲一个人没有心机的时候，海鸥都和他玩耍，一旦动了心思想抓海鸥，海鸥就离他而去了。这两个典故都不复杂，主要是说：我已经争够了、斗够了，再也不参与世俗了，人们为什么还要猜疑我呢？

我一直觉得，王维并不能真的像陶渊明那样挂冠归去，直接当一个农民。王维始终是半官半隐，并没有放弃士大夫的身份。所以，他可以看农妇蒸藜炊黍，看农夫插秧耕田，但是他自己却只是观朝槿、折露葵而已。他在心境上可能是放下了，但是他跟现实政治的联系并没有真的斩断，所以才会有人猜疑他只是假装隐居。

这首诗并没有像好多人说的那么幽静闲适，事实上，它还带着王维对现实政治的不满，带着一点不平之气。

课堂小彩蛋

> 水田飞白鹭，
> 夏木啭黄鹂。

李嘉祐

> 漠漠水田飞白鹭，
> 阴阴夏木啭黄鹂。

王维

果然千古文章一大抄，王维居然抄袭李嘉祐的文章。
王维生在盛唐，李嘉祐生在中唐，到底谁抄谁？
王维粉丝

李嘉祐生卒年不详，也许是他少年时写的，王维也不是不可能抄袭。
不管谁抄谁，诗中叠字最妙，也是这叠字让王维的两句诗成为佳句！
还是我偶像厉害！
王维粉丝

你还可以知道更多

辋川是王维的福地

有评论家认为,唐人七律的压轴之作,不是崔颢的《黄鹤楼》,也不是杜甫的《登高》,而是王维的《积雨辋川庄作》。辋川是王维的福地,他在这里写春天,"人闲桂花落,夜静春山空";写秋天,"空山新雨后,天气晚来秋";写夏天,"漠漠水田飞白鹭,阴阴夏木啭黄鹂"。

夏至

　　夏至是一年的"四时"之一，标志着盛夏的到来。我们都知道，从冬至开始，就进入了数九，九个九数完，冬天就结束了。其实，夏至之后也可以数九，叫作"夏九九"，还有一首朗朗上口的《夏至九九歌》："夏至入头九，羽扇握在手；二九一十八，脱冠着罗纱；三九二十七，出门汗欲滴；四九三十六，卷席露天宿；五九四十五，炎秋似老虎；六九五十四，乘凉进庙祠；七九六十三，床头摸被单；八九七十二，子夜寻棉被；九九八十一，开柜拿棉衣。"夏九九数完，盛夏也就转为了秋凉。

　　在中国，每一个季节都有自己的当令花朵，春天是桃花、杏花，夏天是荷花、蔷薇，秋天是菊花、桂花，冬天是梅花。

山亭夏日

高骈

绿树阴浓①夏日长,楼台倒影入池塘。
水晶帘②动微风起,满架蔷薇③一院香。

我是谁？

我是高骈（821—887），字千里，幽州（今北京城西南隅）人。我爷爷高崇文是个武将，到了我这一辈，还是武将。我遗传了爷爷的诗人基因，诗写得比爷爷还好，其中最好的就是这首《山亭夏日》。

注释

① 浓：指树丛的阴影很深。

② 水晶帘：一种质地精细而色泽莹澈的帘，这里比喻晶莹华美的帘子。

③ 蔷薇：植物名。

译文

夏日的白天那么漫长，正午茂盛的树木绿荫浓密。

静水无波，楼台一动不动地倒映在水中，像楼台就在水里一样。

忽然间，水面波光粼粼，仿佛水晶帘动了起来。

亭边满架的蔷薇花，沁人心脾的花香吹满了整个小院。

这首诗好在哪儿呢？

第一句为"绿树阴浓夏日长"。绿树阴浓，其实不光是指树木繁茂，还点出了写诗的时间——正中午。所谓阴浓，不仅仅是说树枝密、树叶多，还指树荫的颜色深。什么时候树荫的颜色最深？就是正中午，太阳直射的时候。这个时候天也最热，大家都不在外头活动，而是回到屋子里歇晌。夏天本来天就长，再加上不做事，就显得天尤其长。

第二句："楼台倒影入池塘。"夏天最热的时候，一丝风也没有，树是静的，人是静的，水也是静的。诗题不是《山亭夏日》吗？亭子建在水边，因为静水无波，所以楼台的倒影映在水里，清清楚楚，一动不动，就好像楼台就在水里一样。这个"入"多漂亮啊，不是"楼台倒影映池塘"，而是"楼台倒影入池塘"，让我们都觉得，这水里的楼台和地面上的楼台，不知何者为幻、何者为真了。

第三句为"水晶帘动微风起"。就在这一片安宁、一片寂静之中，变化出现了——一丝微风吹起了。既然是微风，诗人是怎么知道的呢？他不是自己感觉到了，而是看到"水晶帘动"了。这水晶帘，更像是指晶莹透明的水面。本来，池水还是一动不动的，所以倒映在水中的楼台才能那么逼真。可是现在，忽然之间，水面出现了粼粼波光，仿佛水晶帘动起来了，水里的楼台也随之动了起来。这个时候诗人才恍然大悟，原来是起风了！夏日正午的微风，本来难以察觉，可是，诗人借助水波的变化察觉到了，这是通过视觉来写风，多微妙呀！

第四句，诗人又闻见风了，"满架蔷薇一院香"。山亭的边上，种了满架的蔷薇花。蔷薇跟荷花一样，都是夏天标志性的花。无风的时候，蔷薇的花香似乎都被锁住了。可是，这一阵风来，虽然人还没有感觉到，但是，蔷薇的花香已经被吹过来了，一下子，整个小院都满是沁人心脾的花香。

先用视觉来表现风，再用嗅觉来表现风，把一丝不易察觉的微风表现得如此细腻，又如此动人。谁能料到，这是出自一个常年戎马倥偬的将军之手呢！

整首诗看下来，绿树阴浓，楼台倒影，池塘水波，满架蔷薇，这是多美的静物画呀！可是，静中有动，一阵风来，水晶帘动，满院花香，让人觉得既清凉又陶醉，真可谓夏日之乐，何乐如之？这首诗，就算放在文人诗中，也绝不逊色。

课堂小彩蛋

陛下忘啦，他不识字！

李适（唐德宗）

高崇文真是个带兵打仗的好手啊，拿纸笔来。

陛下知人善任，任命你为长武城都知兵马使。

谢皇上！

高崇文

既然收复了四川，不如就地任职吧。

高崇文

陛下忘了，臣看不懂复杂的文书，还是边疆更适合我。

李适（唐德宗）

高崇文的三个文书站在屋檐下赏雪。

你还可以知道更多

不是只有文人才会作诗

从传统来讲，写诗本来属于文人雅事，武将只要熟读兵法，弓马娴熟，"会挽雕弓如满月，西北望，射天狼"就可以了，完全可以不会写诗，也不需要写诗。

但是，话又说回来，中国一直有文官政治的传统，文人势力大，就算是武将，也希望做一个儒将，能够提得起笔。所以，威风凛凛如岳飞，也要靠《满江红》增色。这是一个传统。还有，有些人虽然没念过几天书，但是天分好，出口成诗。这就像《红楼梦》里的王熙凤，本来大字不识，看到大观园里姑娘们结诗社，在芦雪庵咏雪联句，也非要凑个热闹，给姑娘们起个头。她是怎么起的呢？"一夜北风紧"。这句写得真不错，按照大观园里姑娘们的说法，这句虽粗，不见底下的，却正是会作诗的起法。其实，不光王熙凤有这个天分，很多武将也有，比如这首《山亭夏日》的作者高骈。

小暑、大暑

  夏至之后是小暑和大暑。到了这两个节气，也就进入一年之中最热的一段时间。白日长天，烈日烤得树叶都垂了头，只有阵阵蝉鸣愈添聒噪。时而一阵电闪雷鸣，大大的雨点噼噼啪啪砸在地上，先是砸起一片尘土，接着形成一幕水帘，再接着云散雨收，暑气减少不了几分，反倒又添了湿气，让人更觉得闷热。

  所以，民谚说："小暑大暑，上蒸下煮。"每到这个时候，真是学生厌学，佳人倦绣，连写公文的官人也抛了文案，昏昏欲睡起来。若能抛开手头的活计，找个开阔的水面坐下来，披襟散发，享受几缕清风，再约几个知己，随意吃点儿酒肉，浮一大白，真是人生快事。

石鱼湖上醉歌

元结

石鱼湖,似洞庭,夏水欲满君山青。
山为樽,水为沼①,酒徒历历②坐洲岛。
长风连日作大浪,不能废③人运酒舫④。
我持长瓢⑤坐巴丘,酌饮⑥四坐以散愁。

我是谁？

我是元结（719—772），字次山，号聱叟、漫郎，河南（今河南省洛阳市）人。我曾参加抗击史思明叛军，立有战功，后任道州刺史、容管经略使。我的诗多写磊落情怀和游历感受，散文多涉及时政，风格古朴。

注释

① 沼（zhǎo）：水池。
② 历历：分明可数，清晰貌。
③ 废：阻挡，阻止。
④ 酒舫（fǎng）：供客人饮酒游乐的船。
⑤ 长瓢：饮酒器。
⑥ 酌（zhuó）饮：挹取流质食物而饮，此处指饮酒。

译文

一湾小小的石鱼湖，就像洞庭湖，夏天涨满水时，石鱼仿佛山色青青的君山。

以山为酒樽，以水为酒沼，酒徒们坐在湖中的小岛上畅饮美酒。
连日风雨，白浪滔天，也不能阻挡送酒的小船把酒送到酒徒面前。
我拿着一只长瓢，稳坐在巴丘，给他们斟酒，以解大家的忧愁。

这首诗好在哪儿呢？

先看题目，《石鱼湖上醉歌》。石鱼湖，算是元结发掘出来的一处小名胜。本来是一个很普通的湖，因为湖中有一块像鱼的石头浮出水面，所以元结就给湖起了个名字——石鱼湖。这块石头不仅形象好，中间还凹进去一块，稍微修整一下，正好可以用来藏酒。湖边又有一些零散的石头可以坐人，小船还可以在湖岸和石鱼之间往来穿梭，真是一个天造地设的宴饮之地！所以元结一有余暇，就招呼朋友到石鱼湖喝酒，这首《石鱼湖上醉歌》讲的就是这样一次宴会的场景。

第一句写山水之美："石鱼湖，似洞庭，夏水欲满君山青。"一湾小小的石鱼湖，在元结眼里像洞庭。夏天湖水涨起来，石鱼仿佛君山青。这句诗就是那么简单，把石鱼湖比作洞庭湖，把石鱼比作君山，湖水满涨，山色青青，虽然是夏天，却有一分难得的清凉感扑面而来，让人觉得心情是那么愉快。

第二句该转到人了："山为樽，水为沼，酒徒历历坐洲岛。"徜徉在山水之间的，不是一般的人，而是一群酒徒，所以看山不是山，看水不是水。在这些酒徒眼里，山就是酒樽，水就是酒沼，他们一个个坐在湖中的小岛上，指点河山，痛饮美酒，这是何等惬意，又是何等意气风发！

第三句："长风连日作大浪，不能废人运酒舫。"连日风雨，白浪滔天又算得了什么？送酒的小船照样在石鱼和洲岛之间穿梭，把美酒送到每一个酒徒的面前。酒送到了，酒徒朋友们都高兴了，元结也感受到了由衷的快乐。

最后一句："我持长瓢坐巴丘，酌饮四坐以散愁。"元结就拿着一个长瓢，稳坐巴丘，给这个斟酒，给那个斟酒，让大家有忧的解忧，有愁的散愁。这是多好的主人啊！这里的感情是真快乐。虽然元结也说"酌饮四座以散愁"，但这个愁，不是李白"与尔同销万古愁"的愤懑，也不是李贺"酒不到刘伶坟上土"的悲凉。这个愁大概就是柴米油盐、公文应酬等琐碎的烦恼，它容易生，也容易解，所以我们真的相信，这愁解开了，这群酒徒快乐了。这是属于凡人的小快乐，但也是我们每个人都能分享的真快乐。

课堂小彩蛋

整天瞎浪荡，十五岁还大字不识，丢人！

元结父亲

元结

终于知道学习了。

元结父亲

当官要心系百姓。

元结父亲

元结

元结坐在桌前，看着高高摞起来的文件，一筹莫展，一边是自己的仕途，一边是老百姓的性命，怎么办呢？

你还可以知道更多

《石鱼湖上醉歌》之序

漫叟以公田米酿酒，因休暇，则载酒于湖上，时取一醉。欢醉中，据湖岸，引臂向鱼取酒，使舫载之，偏饮坐者，意疑倚巴丘酌于君山之上，诸子环洞庭而坐，酒舫泛泛然触波涛而往来者。乃作歌以长之。

译文：我拿公田里的米酿了点酒，趁休息的时候，把酒运到石鱼中藏起来，不时地到这里喝喝酒、买买醉。喝得微醺的时候，靠着湖岸，伸长了胳膊到石鱼中拿酒，让小艇载着，分送给坐在周边石头上的朋友，让他们一醉方休。这情景好像我倚着巴丘，又在君山上举杯，而我的朋友们则分坐在洞庭湖周边，小艇乘风破浪来给我们送酒，这是多快乐的事呀，怎么能不高歌一曲呢？

这其实就是中国古人安排园林的情调。明明只是些山微水，经过巧妙布置、合理想象之后，仿佛有了名山大川的风范，让人身处弹丸之地，却能思接千里、神游于天地之间，这就是经典的文人情调。

建军节

　　过了小暑、大暑，时令就进入了秋天。但是，夏天还有一个节日没说到——建军节。中华人民共和国的建军节定在了8月1日，正是因为在1927年8月1日那个炎热的夏日，中国共产党打响了武装反抗国民党反动派的第一枪，揭开了中国共产党独立领导武装斗争和创建革命军队的序幕。1933年，中华苏维埃共和国临时中央政府将8月1日定为中国工农红军成立纪念日。中华人民共和国成立后，将此纪念日改称为中国人民解放军建军节。在夏日的最后，我们选一首军旅之声，希望它能一扫夏日的溽暑，迎来清爽的秋天。

出塞

王昌龄

秦时明月汉时关,万里长征人未还。
但使①龙城飞将在,不教②胡马③度阴山④。

我是谁？

我是王昌龄，字少伯，京兆长安（今陕西省西安市）人。我擅长写七绝，多写当时的边塞军旅生活。我写的诗气势雄浑，格调高昂，其中的《从军行》七首、《出塞》二首都很有名。在宫词方面，我善写女性幽怨之情。

注释

① 但使：只要。
② 不教：不叫，不让。教：让。
③ 胡马：指侵扰内地的外族骑兵。
④ 阴山：昆仑山的北支，是中国北方的屏障。

译文

依然是秦汉时的明月、秦汉时的边关，出征万里的将士们至今还未回还。

只要有卫青和李广那样的好将军在，就一定不会让胡人的战马度过阴山。

这首诗好在哪儿呢？

第一句写景，"秦时明月汉时关"，真是横空出世，一个最广袤的空间和最辽远的时间同时出现，不仅有明月、雄关这样的空间感，更有秦时、汉时这样的时间感。这其实是一句互文，不是秦朝的明月、汉朝的关，而是秦汉时的明月、秦汉时的关。那为什么写唐朝的边塞，一开篇会先说到秦汉呢？除了有我们经常说到的以汉比唐的意味，更有一种深沉的历史感。此时此刻，多少戍边的将士正身处边关，仰望明月！可这明月不仅照耀着他们，也照耀过秦汉的戍卒。这边关不仅驻扎着他们，也驻扎过秦汉的征人。成百上千年之间，一代代的战士就这么离开故土，走向边塞。高高的明月和冷峻的边关，见证过多少惨烈的厮杀，见证过多少生命的来去啊！一句"秦时明月汉时关"，让一种苍凉感扑面而来，唐朝将士的身影就这样被嵌进了壮阔的历史之中。

第二句写人，"万里长征人未还"，在明月之下，边关之上的征人，哪一个不是离家万里，无法回还？他们已经化作关下的黄沙，再也不能回到故乡。

"秦时明月汉时关"，眼中的景象是何等壮阔；"万里长征人未还"，心中的感喟又是何等深沉！

下两句："但使龙城飞将在，不教胡马度阴山。""龙城飞将"，固然用的是卫青和李广的事迹，但并不一定仅指卫青和李广。事实上，若把它理解成古往今来，以卫青和李广为代表的那些能征善战的将军，意思马上就通达起来。只要这些将军还在，就一定不会让胡人的战马踏过阴山半步！

这两句既是议论，又是抒情，声调真雄壮，弦外之音也真微妙。保家卫国，是每一个热血男儿的天职。从秦汉时期开始，一代代的军人抛妻别子，舍生忘死，都是为了"不教胡马度阴山"，所有的牺牲都有了意义，前面的苍凉恰恰衬托出后面的悲壮，这是说它声调雄壮。

弦外之音，是因为"但使龙城飞将在"。中国古代一直主张守卫边疆，在德不在险，在将不在关。如果能有像卫青、李广那样有勇有谋的将军，能够一战破敌，让边尘不起，烽火自熄，又何苦让这么多士兵万里出征，眼望明月，不得团圆呢？如果朝廷能选出更有为的将领，如果将领不再尸位素餐，那该多好啊！

一首七言绝句，把千年的历史、万里的烽烟、将士们舍生忘死的豪情以及对明君良将的渴望融为一体，写得悲壮苍凉而又意味深长。所以，明朝的杨慎、李攀龙都认为，这首诗是唐朝七言绝句的压卷之作。

课堂小彩蛋

别人都说我们仨齐名，可到底谁是老大呢？（高适）

四个歌女，她们唱谁的诗最多，谁就是老大。（王昌龄）

我最年长，当然是我。（王之涣）

寒雨连江夜入吴，
平明送客楚山孤……

王昌龄

我的！我的！

开箧泪沾臆，
见君前日书……

这首是我的。

高适

奉帚平明金殿开，
且将团扇共徘徊……

哈哈，我两首啦！

压轴一定唱我的。

高适　王昌龄　王之涣

黄河远上白云间，
一片孤城万仞山……

喝酒！喝酒！

王之涣

虽然仍无法判断谁是老大，但他们都是第一等的边塞诗人。

你还可以知道更多

1. 乐府旧题《出塞》

　　《出塞》本来是汉朝的曲子，相传是汉武帝时期乐师李延年所作。但是，《西京杂记》又说，汉高祖的宠姬戚夫人当年就擅长演唱《出塞》《入塞》。这首曲子真正的形成时间大概还更早些。在汉乐府中，《出塞》属于横吹曲，是军乐。然而根据《晋书》的记载，名士刘畴到坞堡中避难时，有几百个胡人想要冲击堡垒，危难之际，刘畴镇定自若，拿出胡笳，吹起《出塞》《入塞》两首曲子，胡人听了，都被勾起思乡之情，流着眼泪离开了。这很像是楚汉战争中四面楚歌的作用。

　　按照这个说法，《出塞》又应该是胡人的曲调，所以才能引起胡人的乡愁。如此看来，这个曲调应该有着非常复杂的演进过程。但是无论如何，到唐朝，它已经成为一个乐府旧题，诗人们都按照自己的理解为它填上新词，原本的曲调已经没那么重要了。

2. 边塞诗人——王昌龄、岑参、高适

　　唐朝写过边塞诗的人很多，从数量和质量双重角度排名，前三位应该是王昌龄、岑参和高适。

　　在这三人之中，王昌龄年纪最大，写边塞诗也最早。开元十三年（725），王昌龄漫游西北边地，创作了大量边塞诗。这一年，岑参只有十一岁，而高适虽然年纪不小，却还没有开始边塞生活。可以说，盛唐时代的边塞诗，正是由王昌龄奠定的格局。而且，在这三个人之中，高适和岑参都以歌行见长，而王昌龄独善绝句。

一年四季，一季有一季的美。

　　有一首短诗，讲四季的景色："春水满四泽，夏云多奇峰。秋月扬明辉，冬岭秀寒松。"恰如四幅屏条，道尽了一年的好处。

　　在这四季之中，秋天的好处在夜、在月。夜是凉的，月是明的。这凉既不是热，也不是冷，是介乎冷热之间的温度，但是，它是朝着冷的方向去，所以自然带着一点清冷；这明既不是暗，也不是亮，是介乎暗和亮之间的光亮度，但是，它是属于夜间的光芒，因此也自然带着一点清冷。

　　秋天，就是这样清冷冷的样子，不仅属于夜、属于月，还属于点点露水、朵朵菊花、行行雁影，让人不由得生出一分生命流逝的感伤。古往今来，伤春悲秋，正是文人情怀，也是文人本色。

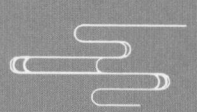

秋

给孩子的趣味唐诗课

立秋

　　秋天的第一个节气是立秋。周代，周天子会亲自率领公卿到西郊迎秋；到了宋朝，皇宫里会把事先准备好的盆栽梧桐树移到殿内，等到立秋，太史便大声启奏"秋来了"，而梧桐树的叶子会应声而落，暗合"一叶落知天下秋"之意。

　　悲秋固然是古人的常态，但是立秋之日凉风至，暑热的天气已经持续那么久，这一缕新凉，带来了久违的清爽感，让人心都透亮起来。

山居秋暝①

王维

空山②新雨后，天气晚来秋。
明月松间照，清泉石上流。
竹喧③归浣女④，莲动下渔舟。
随意春芳歇，王孙⑤自可留⑥。

我是谁？

我是王维（701—761），字摩诘，号摩诘居士。因官至尚书右丞，所以世称我为"王右丞"。我喜欢写诗、画画，尤其擅长写山水田园诗，是山水田园诗派的代表，有"诗佛"之称。我的诗画被苏轼评价为："味摩诘之诗，诗中有画；观摩诘之画，画中有诗。"但人的一生真的如诗画那样美好吗？

注释

① 暝（míng）：日落，天色将晚。
② 空山：空旷、空寂的山野。
③ 竹喧：竹林中笑语喧哗。
④ 浣（huàn）女：洗衣服的姑娘。
⑤ 王孙：原指贵族子弟，后来也泛指隐居的人。
⑥ 留：居。此句反用淮南小山《招隐士》中的"王孙兮归来，山中兮不可以久留"的意思。王孙实亦自指，反映出无可无不可的襟怀。

译文

远离尘世的空山被一场秋雨洗涤，夜幕降临让人感到丝丝凉意。
皎洁的月光洒落在松林间，清澈的泉水流泻于山石上。
竹林深处传来洗衣姑娘的欢声笑语，田田的莲叶被捕鱼的小船分向两边。
春芳消歇算得了什么，山中秋色如此迷人，为什么不可以留下来呢？

这首诗好在哪儿呢？

首联"空山新雨后，天气晚来秋"，恰如其分地展现了初秋之美。所谓"空山"，不在于阒（qù）无人迹，而在于远离尘嚣。所谓"新雨"，就是刚刚下过的雨。加上"晚"和"秋"，相对于白天的热闹，傍晚有幽静之美；相对于春夏的缤纷，秋天有简净之美。这联表达了诗人的内心和空气一样透明，和空山一样宁静。

颔联中的"明月松间照"，月亮和松树像两个与世无争而自有品格的君子交相辉映。"清泉石上流"，泉水清澈见底，流泻于山石之上，山石被泉水冲刷得一尘不染。这是在写景，而且写得层次分明：高处的月亮，中间的松林，底下的山石和清泉，都是那么清净绝伦，超凡脱俗。但又不仅仅写景，自《离骚》开始，就有以香草美人比附仁人志士的传统，所以月下青松、石上清泉，也是王维的精神追求和人格写照。

律诗讲究起承转合。首联起，写整个秋山；颔联承，写具体景致；那接下来的颈联呢？从风景转到人，也由静转到动，"竹喧归浣女，莲动下渔舟"。竹林深处，传来一阵欢声笑语，洗衣服的姑娘们回来了；田田的莲叶忽然向两边分开，捕鱼的小船正顺流而下。这真是至善至美的田园牧歌啊。我们刚说，这一联是写人的，可是，人正面出现了吗？没有。那浣纱的女子还藏在竹林里，我们听到的只有她们的笑声；那打鱼的渔父还藏在荷塘里，我们能看见的只有荷叶的摇动。整幅画面里并没有人，但是又充满了人的气息和欢乐，这是何等含蓄、何等空灵啊！

尾联中的"随意春芳歇"，山中秋色如此迷人，春芳消歇又算得了什么呢？"王孙自可留"，既然山中的生活才是诗人真正赞叹也真正向往的，那么为什么不可以留下来呢？

这首诗写得如景如画，自然之美、人格之美与社会风情之美高度统一，让读诗的人都和王维一起产生了出尘之想，这就是王维作为"诗佛"的魅力吧。

课堂小彩蛋

人生是奋斗出来的，我要去当"北漂"。

独在异乡为异客，每逢佳节倍思亲……

王维

年少有"维"啊！

张九龄

您一直是我的偶像。

王维

张九龄、孟浩然都已离我而去，朝廷奸臣当道……

王维

> 终南山真是个好地方。

王维

没有人一生风平浪静，但王维可以选择平静地生活。

你还可以知道更多

《招隐士》与《王孙游》

淮南小山在《招隐士》里说，"王孙游兮不归，春草生兮萋萋"，又说，"王孙兮归来，山中兮不可以久留"。

"王孙不归，春草萋萋"，李白最崇拜的诗人谢朓（tiǎo）还根据这个主题写了一首小诗——《王孙游》。

王孙游

谢朓

绿草蔓如丝，杂树红英发。

无论君不归，君归芳已歇。

处暑

　　立秋之后是处暑，处暑一过，北方就没有真正意义上的热天了。金风送爽，瓜果飘香，正是一年之中最舒服，也最丰饶的时候。这个时候，一个美丽的节日——七夕节，如期而至。七夕节又叫"乞巧节"，是古代中国的"女儿节"，也是唐宋时期一个隆重的节日。

秋夕

杜牧

银烛①秋光冷画屏②,轻罗③小扇扑流萤④。天阶⑤夜色凉如水,坐看⑥牵牛织女星。

我是谁？

我是杜牧（803—853），字牧之，号樊川居士，京兆万年（今陕西省西安市）人，因晚年居住在长安南樊川别墅，故被后世称为"杜樊川"，著有《樊川文集》。我的诗歌以七言绝句著称，内容以咏史抒怀为主，在晚唐成就颇高。大家都称我为"小杜"，以别于"大杜"杜甫。我与李商隐并称为"小李杜"。

注释

① 银烛：白色的蜡烛。
② 画屏：画有图案的屏风。
③ 轻罗：柔软的丝织品。
④ 流萤：飞动的萤火虫。
⑤ 天阶：露天的石阶。
⑥ 坐看：一作"卧看"。

译文

秋天夜晚的白色蜡烛摇曳的烛光，让屏风上的画儿都显得清冷。
从画屏后走出一个拿着轻罗小扇的美人，扑打着飞来飞去的萤火虫。
夜晚皇宫里的台阶，像水一样清凉。
宫娥坐在台阶上，久久地望着天上的牵牛星和织女星。

这首诗好在哪儿呢？

第一句为"银烛秋光冷画屏"。秋夜之中，银烛高燃，摇曳的烛光让屏风上的图画都显得清冷。秋天本来就是凉的，银烛象征着黑夜的到来，而秋夜还要更凉些。秋属阴，夜又属阴，银烛的银色还属阴，全是阴性的、冷色调的。这样的冷色调和画屏华丽的暖色调撞色，会产生一种奇妙的违和感，这就是所谓繁华背后的冷落凄凉吧。这句诗一出来，整首诗的基调也就奠定了。

就在这样既华美又幽冷的氛围中，主人公登场了。"轻罗小扇扑流萤"，场景从室内转到了室外。一个美人儿从画屏后走了出来，正拿着轻罗小扇扑打着飞来飞去的萤火虫。而扑流萤又是那么可爱的动作，那么富有女性气息，像是夜间版的宝钗扑蝶。可是，仔细想想，这句诗还有深深的寂寞，透露出美人深深的失意：她的画堂已经好久无人来访，她就像秋天的轻罗小扇一样，早已被人抛弃。她挥动着轻罗小扇扑打流萤，本来是静极思动，要打发走这寂寞的时光，可是，她越是动，越凸显出这地方的寂静；同样，这场景越是美，也越凸显出主人公内心的凄凉。

后两句："天阶夜色凉如水，坐看牵牛织女星。"原来，女主人公是一位宫娥，怪不得她身处的环境那么华丽，而她本人又是那么寂寞！她坐在宫殿的台阶上，夜越来越深，天越来越凉，她不想回屋，因为屋子里是"银烛秋光冷画屏"，她原本就是受不了那一分清冷才出来的，可是外面同样冷。如果说秋夜像水一样凉，那么皇帝的恩情就像冰一样冷吧。

正是在这样凄清的环境里，在这样凄凉的心境下，宫娥抬起头来，久久地望着天上的牵牛星和织女星。深宫寂寞，本来对时间并不敏感。可是，这是牛郎、织女相会的日子，想来，这宫娥还是小姑娘的时候，应该也乞过巧，也暗暗期待过爱情吧。如今再过七夕，怎能不让她心生感慨！牛郎、织女远隔天河，还能一年相会一次，而她和皇帝却是咫尺天涯。这样看来，倒是牛郎、织女更值得羡慕呢！这里有哀怨，有期盼。可是诗人却什么都没说，一腔心事，尽在这"坐看牵牛织女星"七字之中。这就叫含蓄蕴藉，意在言外，像一颗青橄榄，越嚼越有味道。

课堂小彩蛋

> 皇帝沉溺声色，我要告知天下！

杜牧

> 写得真棒！

苏轼被贬黄州时，有一天晚上读到杜牧的《阿房宫赋》，到夜半时分还没有丝毫睡意。

> 他在看什么，还不睡！

> 好像是一篇很厉害的文章。

苏轼

你懂什么？

我喜欢文章中的那句"天下之人不敢言而敢怒"。

由此可以看出，杜牧的《阿房宫赋》在当时是多么深入人心。

你还可以知道更多

古代人怎么过七夕节呢？

七夕，就是农历的七月初七，这一天也是一个非常有趣的中国民间传统节日，叫七夕节。这个节日来源于七月初七牛郎织女鹊桥相会的民间传说，所以最近几年，有商家宣传说这就是中国的情人节。然而，如果是情人节，必须是一对有情人共同参与的节日。比方说，之前提到的正月十五元宵节，那就有点儿情人节的意味，因为这一天晚上不宵禁，大家都出来赏灯，青年男女也可以借这个机会见面，这就是所谓的"月上柳梢头，人约黄昏后"。但七夕节不一样，七夕节是专门属于女性，特别是女孩子的节日。公开的活动就是女孩子们对着月亮穿针引线，向织女乞巧，所以七夕节又叫"乞巧节"。

唐朝有个小神童叫林杰，写过一首《乞巧》诗："七夕今宵看碧霄，牵牛织女渡河桥。家家乞巧望秋月，穿尽红丝几万条。"这才是七夕节的正解。这首诗如今也被选进了小学生的课本。这个节日根本没有男孩子参加，也不允许男孩子参加，所以说它是中国的女儿节还差不多。

既然如此，那为什么人们又觉得它和爱情相关呢？因为牛郎、织女正是人们心目中的一对佳偶。中国古代男耕女织，牛郎、织女就是这种生活方式的形象代言人，他们本本分分，苦心经营着自己的小家庭，却免不了受外界打压，经历种种的磨难。这就是普通老百姓经常能体会到的生活困境。更重要的是，尽管他们遭遇不幸，被迫分离，一年只能相见一次，却还是彼此守望、彼此忠诚，这就是"两情若是久长时，又岂在朝朝暮暮"。

这样坚贞的爱情，当然会让古人，特别是在婚姻中处于弱势的女孩子们羡慕。所以七夕节公开的活动是乞巧，但背后，女孩子们也都在偷偷地祈求爱情。

白露

　　七夕节后，就到了白露。俗话说："白露秋风夜，一夜凉一夜。"夜凉了，露水才会凝结，所以露水也就成了秋夜的标配。秋属金，金色白，所以秋露又称白露，并不只是因为露水色白而已。凉风至，白露降，寒蝉鸣。到了白露，秋意浓了，秋天的感觉也深了，天上的大雁开始成阵南飞。而地上的游子身逢此时此刻，面对此情此景，又会被引逗出怎样的情思？

月夜忆舍弟[①]

杜甫

戍鼓[②]断人行[③],边秋[④]一雁[⑤]声。
露从今夜白,月是故乡明。
有弟皆分散[⑥],无家问死生。
寄书长不达,况乃[⑦]未休兵。

我是谁？

我是杜甫（712—770），字子美，号少陵野老，人称"诗圣"。我是一个忧患意识比较强的人，也容易感时伤世，所以作品往往比较沉重。和你们一样，我也有自己的偶像——李白。幸运的是，我和他成了好朋友，我们在诗坛齐名，被世人合称为"李杜"。

注释

① 舍弟：家弟。
② 戍鼓：戍楼上用以报时或告警的鼓。
③ 断人行：指鼓声响起后，就开始宵禁。
④ 边秋：一作"秋边"，秋天边远的地方，此指秦州。
⑤ 一雁：孤雁。古人以雁行比喻兄弟，一雁，比喻兄弟分散。
⑥ 分散：一作"羁旅"。
⑦ 况乃：何况是。

译文

戍楼上响起宵禁的鼓声，一只掉队的大雁发出声声哀鸣。
从今夜起就是白露节气了，还是觉得家乡的月亮更光明。
家园被毁，兄弟四散，想要知道每个人的死生状况，却无处可问。
想和兄弟们互通音信，彼此报个平安，可是山遥路远，何况是现在这样兵荒马乱的时候。

这首诗好在哪儿呢？

首联："戍鼓断人行，边秋一雁声。"这首诗写于759年，安史之乱正在进行之中，杜甫逃难到了秦州，也就是今天的甘肃天水。秦州是一座边城，戍楼上鼓声响起，宣告宵禁的开始。戍鼓一响，行人断绝，四周一片荒凉，这就是"戍鼓断人行"，写地上的场景。正在这时，一只掉队的大雁从天上飞过，传来一声哀鸣。无论是天上的还是地上的，无论是看到的还是听到的，都是那么冷落凄惶，把秋夜边塞的气氛渲染到了十分。

这一联诗，虽然诗面上就是写景，没出现弟弟，但其实已经给诗题中的"忆舍弟"埋下了一个伏笔。因为雁行有序，所以古代也常常用雁行或者雁序来代指兄弟。

颔联写月夜，"露从今夜白，月是故乡明"。"露从今夜白"，今夜是白露，从此之后，天气转凉，露水凝结。"月是故乡明"，不是月亮偏爱故乡，而是因为故乡意味着团圆，意味着欢乐呀！人在欢乐的时候，不是看什么都格外美吗？这才是"月是故乡明"。

首联和颔联都是写景，颈联转到了抒情："有弟皆分散，无家问死生。"本来，望月思乡、望月怀远都是人生常态，诗人也自然而然地从首联的孤雁、颔联的明月转到了对兄弟的思念。大难临头，家园被毁，兄弟们风流云散，想要问问每个人的生死状况，都无处可问。这是何等焦虑、何等伤痛啊！

景也写到了，人也写到了，月夜也写到了，忆舍弟也写到了，怎么结呢？看尾联："寄书长不达，况乃未休兵。"弟弟们没有下落，做哥哥的当然牵挂。诗人多么希望能够打听到他们的消息，能够互通音信，彼此报个平安。可是，山遥路远，即便在平时，写信也常常收不到，何况是现在这样兵荒马乱的时候！心不能放下，信又无从发出，就是这样牵肠挂肚，就是这样无计可施。

这是多么沉痛的心情啊！可是，诗人没有狂呼乱叫，没有痛哭流涕，就用一联"寄书长不达，况乃未休兵"收尾，和首联的"戍鼓断人行，边秋一雁声"遥相呼应，写得深沉却又波澜不惊。这就是我们一直强调的含蓄蕴藉、淡语深情。

课堂小彩蛋

在人情往来上，李白和杜甫的表现完全不同，我们可以通过他们的诗句来具体看看有什么不同。

李白是谪仙人，人们都围着他转。

桃花潭水深千尺，
不及汪伦送我情。

李白

汪伦

杜甫更关注父慈子孝、兄友弟恭、夫义妇顺的和睦家庭。

你还可以知道更多

同样是写兄弟的诗,杜甫和白居易有什么不同呢?

白居易也有一首写兄弟的诗——《望月有感》:"时难年荒世业空,弟兄羁旅各西东。田园寥落干戈后,骨肉流离道路中。吊影分为千里雁,辞根散作九秋蓬。共看明月应垂泪,一夜乡心五处同。"同样是兵荒马乱,同样是田园荒芜,同样是兄弟五人,同样是骨肉飘零,写得都那么情真意切。白居易的兄弟们虽然离散了,但至少都有下落,所以他们还能"共看明月应垂泪,一夜乡心五处同"。而杜甫的兄弟们甚至不知是死是活,这不是更大的伤痛吗?我们经常说杜甫的诗是"诗史",将民生疾苦化作笔底波澜。其实,不用看世代传诵的"三吏""三别",单看这"有弟皆分散,无家问死生",我们也能感受到那个时代的乱离与忧伤。

教师节

在古代，属于秋天的节日有七夕节、中秋节，还有重阳节。但在今天，秋天又多了一个节日——教师节。

中国自古就有尊师重教的传统。古代的人家，中堂都供奉着一个神位，上书"天地君亲师"五个字，常年祭祀。为什么是这五个字呢？按照荀子的说法，"天地者，生之本也；先祖者，类之本也；君师者，治之本也。无天地恶生，无先祖恶出，无君师恶治，三者偏亡，焉无安人"。通俗点说，就是天生我，地载我，君管我，亲养我，师教我，一个也不能少。把老师和君主并列，和天地并尊，可见对师者的尊重程度。而在所有的老师中，孔子是头一个。当年孔子有教无类，才有了春秋战国时期英才辈出的局面。所以，孔子也被后世称为"万世师表"，不仅民间爱戴，官方也一直对其敬重有加，从汉朝开始，对孔子的祭祀就持续不断，成为"国之大典"。

为肯定教师对教育事业做出的贡献，后来确定每年的9月10日为教师节。

经邹鲁①祭孔子而叹之

李隆基

夫子②何为者,栖栖③一代中。
地犹鄹氏邑④,宅即鲁王宫。
叹凤嗟身否⑤,伤麟怨道穷。
今看两楹奠⑥,当与梦时同。

我是谁？

我是李隆基（685—762），唐朝皇帝，712年至756年在位，庙号玄宗。我善骑射，通音律、历象、书法。在位前期，我任用姚崇、宋璟、张说、张九龄为相，整顿弊政，兴修水利，倡导节俭，社会安定，经济发展，国势强盛，号为"开元之治"；可是后来，我任用李林甫、杨国忠等执政，致使官吏贪渎，政治腐败，最终引发了"安史之乱"。

注释

①鲁：今山东曲阜，为春秋时鲁国都城。

②夫子：这里是对孔子的敬称。

③栖栖：忙碌不安的样子，形容孔子四方奔走，居无定所。

④鄹氏邑：鄹人的城邑。鄹（zōu）：春秋时鲁地，在今山东曲阜县东南。孔子父叔梁纥为鄹邑大夫，孔子出生于此，后迁曲阜。

⑤否（pǐ）：不通畅，不幸。身否：生不逢时之意。

⑥两楹奠：指人死后灵柩停放于两楹之间。

译文

孔夫子，你到底要干什么？一生都要四处奔走，不得安宁。

千载之后，这个地方还是鄹县的城邑，你的旧宅面貌依旧，只是改建为鲁王宫。

看不到凤凰出世，感叹自己生不逢时；看到不该被打死的麒麟，感伤理想实现不了了。

如今，你的画像被供奉在堂前两楹间，接受后人的顶礼祭奠，正如你生前梦境中所见的一样，想必你该稍感慰藉了吧。

这首诗好在哪儿呢？

首联："夫子何为者，栖栖一代中。"孔夫子为何一生都要四处奔走，不得安宁？这一联，起得真是出人意料。一般人不都贪图安逸吗？怎么孔夫子会甘愿一辈子都奔波劳碌呢？其实不止唐玄宗一个人有此疑问，不过从这一联中可以看到，一方面，他要祭祀孔子，自然要思考孔子的一生，所以才发出这千古一问：你到底是为了什么才奔走不已？另一方面，他也暗示了孔夫子当年的回答：我不为了什么，我只是改不了自己这好为人师的毛病啊。

颔联："地犹鄹氏邑，宅即鲁王宫。"这是呼应题目中的"经邹鲁"，也是从神游转为现实了。"地犹鄹氏邑"是说，当年孔子的父亲叔梁纥做过鄹邑大夫，千载之后，这个地方还是鄹县的城邑，孔子的家乡风光宛然。"宅即鲁王宫"，家乡风光宛然也罢，旧宅面貌依旧也罢，不都是因为孔子的威灵、孔子的庇佑吗？

颈联从孔子的生平转到孔子的功业，"叹凤嗟身否，伤麟怨道穷"。所谓"叹凤"，用的是《论语·子罕》的记载，孔子当年叹息说："凤鸟不至，河不出图，吾已矣夫。"中国古人认为，凤凰是祥瑞，是圣王出世的象征，但孔子生在乱世，看不到凤凰出世，所以感叹自己生不逢时。引申开来，如果人们根本就不知道仁义也就罢了，可是，明明孔子一直在推行仁义，却处处碰壁，诸侯只知道穷兵黩武，离仁义越来越远。这样看来，自己和那只不该出现却偏偏出现、不该被打死却偏偏被打死的麒麟有什么区别呢？这才是孔子真正感慨的"吾道穷矣"！

前一句"叹凤嗟身否"，是说孔子叹息自己生不逢时，而后一句"伤麟怨道穷"则是孔子伤感自己的努力没有结果。既不能生在好时代，又不能建立一个好时代，还有什么比这更令人感叹的呢？

诗题不是《经邹鲁祭孔子而叹之》吗？这一联一连用了四个感叹词，叹、嗟、伤、怨，写得好不好？从诗的角度讲不好，清朝大学者纪晓岚说："五六句叹嗟伤怨，用字重复，虽初体常有之，然不可为训。"但是，我们不是一直举《红楼梦》里香菱学诗的例子吗？林黛玉对香菱说过一个最重要的原则："词句究竟还是末事，第一立意要紧。若意趣真了，连词句不用修饰，自是好的，这叫做'不以词害意'。"叹、嗟、伤、怨，从诗的角度讲也许涉嫌重复，但是，它却把唐玄宗对孔子的无限感叹表露无遗：孔子的一生，真是要什么没什么，求什么得不到什么呀！这岂不是又一个否定？首联说"夫子何为者，栖栖一代中"，这是对他生活的否定。颔联说"叹凤嗟身否，伤麟怨道穷"，这是对他功业的否定。可是，首联的否定被颔联"地犹鄹氏邑，宅即鲁王宫"挽回了，那颈联的否定是不是也要挽回呢？

尾联："今看两楹奠，当与梦时同。"所谓"两楹奠"，又是一个典故，出自《礼记·檀弓》，孔子对弟子子贡说：夏人死后，殡于东阶之上；周人死后，殡于西阶之上。殷人死后，殡于两楹之间，也就是屋子正厅的两个柱子之间。我是殷人的后裔呀，昨天梦到自己坐在两楹之间接受人们给我的饭食，岂不是意味着我要死去了？

那么，唐玄宗用这个典故意在何处呢？这既是点题，也是对全诗的总结。诗题不是《经邹鲁祭孔子而叹之》吗？既然祭祀，就要膜拜。在膜拜的时候，看到两楹之间孔子的画像，唐玄宗不由得发出感慨：虽然你终生坎坷，但是，如今你的画像被供奉在堂前两楹间，接受后人永久的顶礼祭奠，正如同你生前梦境中所见的一样，想必你也该稍感慰藉了吧。

这仍然是一个否定之后的肯定。你当年未能实现的理想，如今终于实现了，你也因此而受到人们永远的景仰。遗爱人间，香火不绝，这不是对孔夫子最大的肯定吗？这是一层意思。还有一层意思：当年，你周游列国，处处碰壁；如今，我作为皇帝，却来祭祀你，我继承了你仁义的理想，也打造了你希望看到的太平局面。这不也是唐玄宗对自己、对开元盛世的微妙赞颂吗？

课堂小彩蛋

微生亩：你为什么四处游说，想表现自己的好口才？

孔子：我只是改不了教化世人的毛病。

鲁恭王扩建宫室苑囿，想拆除孔子故居。

鲁恭王

一定要大排场……

大王，您听，奏乐声。

鲁恭王

这房子有神灵啊，不能拆。

大王，不如我们将其翻新一下。

如此，孔子故居保留了下来。

你还可以知道更多

《经邹鲁祭孔子而叹之》为什么可以入选《唐诗三百首》呢？

　　《经邹鲁祭孔子而叹之》是《唐诗三百首》中唯一的一首皇帝诗。这首诗能够入选，绝不是因为蘅塘退士要巴结唐玄宗，而是因为此诗写得确实好。

　　第一，它典雅，几乎句句用典。不是任何一首诗都必须用典，但是，这是一首皇帝写给至圣先师的诗，在这种场合下，用典凸显文治，符合皇帝身份，也符合孔子身份。

　　第二，也是更重要的，它的价值观好。什么价值观呢？理想主义，而不是功利主义。唐玄宗祭祀孔子，有没有讲孔子的功业？没讲。他既没讲孔子删定六经的文化功劳、孔子游说诸侯的政治功劳，也没讲孔子有教无类的教育功劳。相反，他一直强调，孔子的理想都没有实现。但是，尽管如此，孔子还是要"栖栖一代中"，还是要奔走呼号，这种虽九死而不悔的精神，才是最伟大的精神，也是孔子的理想终究能实现的最重要的原因。从这个角度讲，唐玄宗的立意真的是高，高出了他同时代的大多数人，其实也高出了我们今天的大多数人。

中秋节

　　一年有四季，而中国四大传统节日——清明节、端午节、中秋节、春节，各占了一个季节。

　　中国是一个诗国，每个节日都有属于自己的诗。在这四大节日之中，我们已经讲过清明节的"春城无处不飞花，寒食东风御柳斜"，讲过端午节的"屈平辞赋悬日月，楚王台榭空山丘"，这里来分享中秋节的名篇，中唐诗人王建的七绝——《十五夜望月寄杜郎中》。

十五夜望月寄杜郎中

王建

中庭①地白②树栖鸦,冷露③无声湿桂花。
今夜月明人尽望,不知秋思④落谁家?

我是谁？

我是王建，字仲初，许州（今河南省许昌市）人，因曾官至陕州司马，世人又称我为"王司马"。我擅作乐府诗，与张籍齐名，世称"张王"。我的诗作多为七言歌行，篇幅短小，多用比兴、白描、对比等写作手法，语言通俗凝练，富有民歌谣谚色彩。

注释

① 中庭：即庭中，庭院中。
② 地白：指月光照在庭院的样子。
③ 冷露：秋天的露水。
④ 秋思：秋天的情思，这里指怀人的思绪。

译文

中秋的月光洒在庭院中，地上好像铺了一层霜雪那样白，栖息在树上的乌鸦停止了聒噪，进入了梦乡。秋天的露水无声地打湿了一树的桂花。

今夜明月当空，所有人都在举头望月，可那绵绵的秋思又会落在谁那里呢？

这首诗好在哪儿呢？

第一句"中庭地白树栖鸦"，这是景物描写，写中秋月色。地白是讲月色，树栖鸦还是讲月色。地白是看到的，树栖鸦却有听觉的成分。到了晚上，倦鸟归巢，人不大容易看见树上的乌鸦。但是，如果月亮特别亮，乌鸦也好，其他的鸟类也好，就会误把月明当作天亮，叫起来，或者飞起来，让人感知到它的存在。

第二句"冷露无声湿桂花"，这一句写气味——桂花香。本来，乌鸦在树上栖息，自然而然也会把人的视线引到树上，何况桂花还散发着那么甜美的芬芳！举目望去，一树桂花被露水打湿，显得那么润泽。

"今夜月明人尽望，不知秋思落谁家"这两句，诗人不仅点出望月的主题，更从自己的望月生发开去，联想到普天下人的望月了。今夜月圆，举头仰望的岂止我一个人？天涯海角，所有人不都在望着同一轮圆月？可是，望月虽同，苦乐各异。有的人合家团聚，也有的人望月怀远。既然如此，那绵绵的秋思又会落在谁人那里呢？

诗人是真的不知道秋思落在了谁人心上吗？当然不是。他真正的意思其实是说，"月明人尽望，秋思落我家"。我在思念着我的朋友杜郎中。可是，这样正面抒情太直白了，太没有诗意了。诗人干脆把自己藏起来，用了一个疑问句："今夜月明人尽望，不知秋思落谁家？"不说自己，但自己就在其中，这正是古诗的含蓄蕴藉之美。

这句诗也很巧妙，巧在"落"字上。本来，秋思是人的心里生出来的情感，可是诗人偏不说"不知秋思生谁家"，而是说"不知秋思落谁家"，仿佛这秋思是一个外在的东西，就像冷露、月光一样，从天上洒落下来，落到了某个人的头上，让他不由得生出秋思。这个"落"字，用的是何等不讲理啊！可是仔细想，这秋思生发得如此自然，如此不可思议，让人觉得，自己根本就没有往思念的方向去想，可是这思念怎么就这么飘然而至，一下子砸中了自己的内心呢？一个"落"字把这秋思点染得无比生动、无比空灵。

课堂小彩蛋

苏轼、王建、曹雪芹，都写过关于中秋节的诗。

> 我的中秋词最旷达、最著名，连幼儿园的小朋友都会背。

苏轼

> 人有悲欢离合，月有阴晴圆缺……

> 中庭地白树栖鸦，冷露无声湿桂花……

王建

曹雪芹

天上一轮才捧出，
人间万姓仰头看……

你喜欢哪首写中秋节的诗词呢？

你还可以知道更多

中秋古诗之不同

写中秋节的诗词有很多，最著名，也最旷达的，当然是苏东坡的"人有悲欢离合，月有阴晴圆缺，此事古难全。但愿人长久，千里共婵娟"。

最野心勃勃的，当是《红楼梦》中贾雨村吟出的"时逢三五便团圆，满把晴光护玉栏。天上一轮才捧出，人间万姓仰头看"。

但是，若论空灵婉转、如诗如画，王建这首《十五夜望月寄杜郎中》却是个中翘楚，不遑多让。

如果对西方人来说，一千个人心中，就有一千个哈姆雷特，那么对于中国人而言，一千个人心中，更有一千个月亮。但是，无论如何，对于中秋节而言，团圆和相思才是具有最大公约数的主题，而真正的相思，其实正如"冷露无声湿桂花"，透着丝丝凉意，却又散发着醉人的芬芳。

寒露

过了中秋节，就进入了深秋。深秋时节，天更凉，夜更冷，原本晶莹剔透的白露，变成了冰凉透骨的寒露，再往前走一步，就该凝固成清霜了。《诗经》里所谓"蒹葭苍苍，白露为霜"，写的就是这个时候。

寒露有三候，一候鸿雁来宾，二候雀入大水为蛤，三候菊有黄华。最晚的一批大雁也南飞了；小鸟则深藏不露，让古人以为都入水变成了蛤蜊；百花凋残，只有秋菊傲霜，吐露寒香。

秋天的基调，至此也由清凉变为肃杀，让人心也生出凛凛寒意。

秋兴八首（其一）

杜甫

玉露①凋伤枫树林，巫山巫峡②气萧森。
江间波浪兼天涌③，塞上④风云接地阴⑤。
丛菊两开他日泪，孤舟一系故园⑥心。
寒衣处处催刀尺⑦，白帝城⑧高急暮砧⑨。

我是谁？

我是杜甫（712—770），字子美，号少陵野老，人称"诗圣"。我是一个忧患意识比较强的人，也容易感时伤世，所以作品往往比较沉重。和你们一样，我也有自己的偶像——李白。幸运的是，我和他成了好朋友，我们在诗坛齐名，被世人合称为"李杜"。

注释

① 玉露：秋天的霜露，因其白，故以玉喻之。
② 巫山巫峡：指夔州（今奉节）一带的山川和峡谷。
③ 兼天涌：波浪滔天。
④ 塞上：指巫山。
⑤ 接地阴：风云盖地。
⑥ 故园：此处当指长安。
⑦ 催刀尺：指赶裁冬衣。
⑧ 白帝城：古城名，在今重庆市奉节东白帝山上。
⑨ 急暮砧：黄昏时急促的捣衣声。

译文

深秋的白露让枫树林逐渐凋零残伤，整个巫山巫峡都笼罩在一片肃杀之气中。

江水之上，波翻浪涌，放眼望去，好像天也在翻动；巫山之上，浓云滚滚，好像和大地的阴气连成一片。

簇簇菊花已经两度开放，我也因两年未曾回家，每次看到花开就不免伤心落泪。一叶孤舟系在江岸，就像系在我思念故园的心上。

夔州城里，家家拿刀拿尺忙着剪裁冬衣；远处的白帝城头，也传来一阵阵急促的捣衣声。

这首诗好在哪儿呢？

首联："玉露凋伤枫树林，巫山巫峡气萧森。"露白霜重，红叶满山，整个巫山巫峡都笼罩在一片肃杀之气中。一开篇就满纸秋气，感情低沉，但是，这一联写得很美——玉露是白的，枫林是红的，搭配起来，是一种深沉的绚烂，美在气象，巫山巫峡，尽收眼底。

颔联："江间波浪兼天涌，塞上风云接地阴。""江间波浪兼天涌"，江水澎湃，波翻浪涌，放眼望去，天水相接，好像天也在翻动，这是从地下写到天上。"塞上风云接地阴"，巫山之上，浓云滚滚，匝地而来，好像和大地的阴气连成了一片，这又是从天上写到了地下。天地之间，到处是惊涛骇浪、萧条阴晦，这是何等动荡不安！

颈联："丛菊两开他日泪，孤舟一系故园心。""丛菊"呼应着"塞上"，塞上簇簇秋菊，烂漫开放。"丛菊两开他日泪"，所谓"两开"，是指诗人离开成都，准备折返故园已有两年，秋菊也已两度开放。此前一年，杜甫漂泊在云安，当时看到菊花，就曾落泪，没想到过了一年，他仍然滞留他乡，往日的思乡之泪再次汨汨流淌。再往下看，江上一艘小船系在岸边。孤舟象征着诗人回家的意志。当年，诗人听闻官军收复河南河北，马上就要买舟东下，还幻想过"白日放歌须纵酒，青春作伴好还乡。即从巴峡穿巫峡，便下襄阳向洛阳"。到现在，三年过去了，诗人还漂泊在回家的路上，这是何等惨痛啊！但是，尽管一直回不了家，诗人却始终未曾放弃。

尾联："寒衣处处催刀尺，白帝城高急暮砧。"把目光收回，回到脚下这片土地。日暮时分，秋意更浓，赶制冬衣的时节到了，夔州城里，家家拿刀拿尺，忙着剪裁冬衣，而远处的白帝城头，也传来一阵阵急促的捣衣声。深秋之际，高城之下，日暮之时，一片砧声，一片哀愁，无边无际，弥漫在巴山蜀水，也弥漫在诗人的心头。这尾联结得萧瑟悲凉，而又浑雄开阔，真有动人心魄的力量。

课堂小彩蛋

《秋兴八首》是杜甫写的一组诗，从夔州写到长安城，每一首都表达着不同的心情。

我老婆在干什么呢？

都在赶做新衣服，我什么时候才能回家？

仗打赢了，老家伙，你终于可以回家了。

你还可以知道更多

杜甫在什么样的境遇下写出了《秋兴八首》？

杜甫不幸，赶上了安史之乱。在战乱中，他辗转到了四川，好不容易盼到官军收复河南河北，他以为自己可以"即从巴峡穿巫峡，便下襄阳向洛阳"。没想到，安史之乱的结束并不是天下太平的开始，而是一系列新动乱的开始。唐朝复兴的梦破灭了，杜甫回家的梦也破灭了。直到大历元年，也就是766年，安史之乱结束三年之后，他还漂泊在夔州，也就是重庆的奉节。就是在这个地方，他写下了《秋兴八首》（其一）。

《秋兴八首》，从诗人当时所在的夔州一直写到诗人念兹在兹的唐都长安，感时伤世，抚今追昔，就像八个乐章一样，既独立成篇，又连环扣接，共同组成一支气势磅礴的交响曲，寄托着老杜晚年最深挚的情感。我们选的这首《秋兴八首》（其一）是开篇之作，奠定了这组诗的情感基调。

重阳节

　　重阳节在今天不算大节。但是在战国和秦汉时期，清明节和中秋节还没有形成，九月九重阳节和三月三上巳节相对，一春一秋，都很有影响。延续到隋唐，重阳节仍然算是一个重要的节日。两个节日都有祈求消灾避难的意思，只不过三月三在水边，叫祓禊；九月九在山上，叫登高。当然，消灾避难只是节日的一个内容，这两个节日也都寓意着顺应天时的快乐。

　　九月九日尚处于草木摇落的深秋，再往后就是寒冬，该蛰伏起来，因此这一天人们会走出家门，看看那些耐寒的秋草秋花，这叫辞青。由此又引发出来一个意象，大自然的深秋，不就意味着人生的晚年吗？所以重阳节又称老人节，有求长寿的传统。这么多的意思加在一起，逐渐形成了重阳节的三大活动：登高宴饮、佩茱萸、赏菊花。这三件事都非常风雅，容易引发诗兴，所以历来写重阳节的名篇有很多。

九月九日^①忆山东^②兄弟

王维

独在异乡为异客,每逢佳节倍思亲。
遥知兄弟登高^③处,遍插茱萸^④少一人。

我是谁？

我是王维（701—761），字摩诘，号摩诘居士。因官至尚书右丞，所以世称我为"王右丞"。我喜欢写诗、画画，尤其擅长写山水田园诗，是山水田园诗派的代表，有"诗佛"之称。我的诗画被苏轼评价为："味摩诘之诗，诗中有画；观摩诘之画，画中有诗。"但人的一生真的如诗画那样美好吗？

注释

① 九月九日：即重阳节。古代以九为阳数，故曰重阳。
② 山东：王维迁居于蒲县（今山西省永济市），在函谷关与华山以东，所以称山东。
③ 登高：古代有重阳节登高的风俗。
④ 茱萸（zhūyú）：一种香草。古时人们认为重阳节插戴茱萸可以避灾克邪。

译文

我独自远在他乡做着异乡人，这让我倍感孤独。
每逢佳节，我更加思念家乡的亲人。
遥想我的那些兄弟，今天一定都在登高望远吧。
他们按着风俗头上都插着茱萸，却突然意识到身边少了我一个人。

这首诗好在哪儿呢？

第一句，"独在异乡为异客"，这句诗一上来就直抒胸臆，感情也特别浓烈，异乡为异客，看起来是啰唆，但实际上是在反复咏叹这一个"异"字，反复强调着自己的格格不入。陌生的环境，形单影只的少年。王维写这首诗的时候只有十七岁，差不多相当于大一新生；而他从蒲州到长安，差不多就相当于今天大一新生从各地到北京。谁不是天之骄子，谁不曾挥斥方遒？但是，真到了静室独处的那一刻，还是会觉得孤单无助。这就是"独在异乡为异客"，真切地、毫不掩饰地道出了少年的乡愁。

下一句，"每逢佳节倍思亲"，乡愁时时缠绕着，可是生活总在继续。忙碌的时候，乡愁自然而然被压制、掩饰着。可是，一旦碰到一个触媒——佳节，压抑着的感情就会喷薄而出，乡愁就像洪水一样滚滚而来，一下下、一波波地敲击着少年的心。几乎所有人都体会过乡愁，但是在王维之前，还没有哪一个人，用如此明白质朴，而又如此凝练概括的语言描述过。因此这句诗一出来，就立刻征服了当时的诗坛，也征服了一代代的中国人，成了代表乡愁的千古名句。

下两句，"遥知兄弟登高处，遍插茱萸少一人"，避实就虚，由此及彼，一下子从此地翻到远方，从异乡翻回故乡，从自己翻到了兄弟。他说：遥想我的兄弟们，今天一定都在登高吧，他们按往年的风俗在头上插着茱萸，却突然意识到身边少了我一个人。这是虚写，这些场景都是王维想象出来的，但是他写得那么实、那么活灵活现，仿佛兄弟们真的在叹息伤感。

这种写法曲折委婉，明明是自己在思念兄弟们，却说是兄弟们在思念自己，仿佛自己独在异乡为异客的孤单并没有什么，倒是兄弟们的遗憾更值得体贴。这种笔法是背面敷粉。把兄弟们的欢聚和遗憾写足了，自己对故乡的眷恋、对亲情的向往也就出来了。而且，首句第一个字是"独"，正和尾句的最后三个字"少一人"遥相呼应，让人觉得回环往复，余味绵绵。

课堂小彩蛋

王维和妻子崔小妹的浪漫爱情故事。

这是你崔家小妹。

王维

崔小妹

等我来娶你。

红豆生南国，春来发几枝……

王维

你还可以知道更多

关于重阳节的古诗，你喜欢哪一首呢？

登高
杜甫

风急天高猿啸哀，渚清沙白鸟飞回。
无边落木萧萧下，不尽长江滚滚来。
万里悲秋常作客，百年多病独登台。
艰难苦恨繁霜鬓，潦倒新停浊酒杯。

九日齐山登高
杜牧

江涵秋影雁初飞，与客携壶上翠微。
尘世难逢开口笑，菊花须插满头归。
但将酩酊酬佳节，不用登临恨落晖。
古往今来只如此，牛山何必独沾衣？

冬这个季节，最冷也最暖。冷的是外边：北风怒号，大雪封门。所谓"千山鸟飞绝，万径人踪灭"，让人看了都觉得冷，觉得畏缩，更何况塞外苦寒之地，"燕山雪花大如席，片片吹落轩辕台"！狂风暴雪，绝壁穷边，这是冬日之景的经典，也是冬日之诗的主题。

可是，正因如此，冬日的家园才显得格外温暖。红泥小火，一室生春。向着火，温一壶酒，身边围坐着老妻稚子，或者再有二三知己，无论是讲论诗书，还是闲话家常，都是那么惬意。

冬

给孩子的趣味唐诗课

立冬

  在古代，立冬与立春、立夏、立秋合称"四立"，是一年之中最重要的节气。

  立冬这一天，天子要率领大臣到北郊迎冬，还要赐寒衣给大臣，而北方的民间也会在这一天吃饺子，祈求未来漫漫冬日的平安。不过，立冬毕竟才是冬天的开始，即使在北方，也是"水始冰，地始冻"。草固然枯了，但天还不太冷，天空澄明，远山召唤，正是打猎的好时候。

塞下曲

卢纶

林暗草惊风①,将军夜引弓②。
平明③寻白羽④,没⑤在石棱⑥中。

我是谁？

我是卢纶，字允言，河中蒲（今山西省永济市西南）人，官至检校户部郎中，为"大历十才子"之一。我的诗多为送别酬答之作，也有反映军事生活的。

注释

① 惊风：突然被风吹动。
② 引弓：开弓射箭。
③ 平明：天刚亮的时候。
④ 白羽：箭杆后部的白色羽毛，这里指箭。
⑤ 没：陷入，这里是钻进的意思。
⑥ 石棱：石头的棱角，也指多棱的山石。

译文

月黑之夜，昏暗的树林中，草丛突然被风吹得摇摆不定。
将军以为是野兽来了，连忙开弓射箭。
天亮时，去寻找那支白羽箭。
发现它已经深深地陷在石棱中。

这首诗好在哪儿呢?

"林暗草惊风,将军夜引弓",十个字,有时间、有地点、有人物、有事件,还有氛围。时间在哪里?在第一句的"暗"和第二句的"夜"字上。这不是晨曦微露,更不是艳阳高照,而是天色已晚,四处一片漆黑。地点在哪儿?在"林"字上。这个地方,既不是肃穆的宫廷,也不是热闹的街巷,而是茂密的树林。山高林密,本身就给人幽暗之感,何况又是在暗沉沉的夜里!人物在哪儿?在"将军"两个字上。月黑风高之夜,出现在密林之中,不是赶路的客商,也不是醉醺醺的流浪汉,原来是外出打猎正要回营的将军。

那事件又在哪儿呢?在"引弓"两个字上,暗夜里,密林中,将军为什么忽然开弓射箭呢?因为"草惊风"。

月黑之夜,将军在密林中穿行,忽然间,一阵风来,草丛摇晃,露出一个模糊的影子,仿佛什么东西伏在那里。这会是什么东西?第一个想到的,当然是老虎。古代生态环境好,山林中往往有老虎,而老虎作为百兽之王,又惯于在夜间出没。"林暗草惊风",不正是老虎出现的信号吗?饶是身经百战的将军,也暗暗吃了一惊。可是,将军毕竟是将军,无论何时都不会乱了方寸,只听"嗖"的一声,箭镞已经射向草丛。

后两句:"平明寻白羽,没在石棱中。"第二天早晨,将军记挂着昨晚的惊魂事件,也想看看自己那支箭到底有没有射中老虎,于是又回到原地寻找,这才吃惊地发现,哪里有什么老虎,只是一块大石头卧在草丛之中。那支白羽箭直插在巨石的棱角之中,不仅仅是箭头,连整个箭身都深深地插了进去,外面只露出箭尾的羽毛。

前两句紧张,后两句松弛;前两句惊,后两句喜。一紧一松,一惊一喜,这样巨大的反差和对比,正是天亮时误会解除才能造成的效果。

课堂小彩蛋

唉，又落榜了！

卢纶

嗯，是个人才，让他去做阌乡尉吧。

李豫（唐代宗）

皇上，卢纶太有才了。

宰相元载

大材小用啊，提拔他做监察御史。

李豫（唐代宗）

皇上，给您看卢纶的一首新诗。

宰相王缙

后来，宰相元载、王缙获罪，卢纶也受到牵连。

没想到你也受牵连了！

无妨，我正好可以安心写诗。

后来，卢纶被封为户部郎中，他正想干一番大事业，可不久后却突然离世。

好诗！风格雄浑，情调慷慨！

李适（唐德宗）

> 你还可以知道更多

1. "大历十才子"都有谁呢？

　　"大历十才子"，指活跃于大历时期的一个诗人群体，其称号及所指人名最早见于姚合的《极玄集》："李端，字正己，赵郡人，大历五年（770）进士。与卢纶、吉中孚、韩翃、钱起、司空曙、苗发、崔峒、耿湋、夏侯审唱和，号十才子。"

　　"大历十才子"是一个自然形成的流派，他们既无共同的组织，也无共同的宣言，但是他们有着共同的思想基础和审美趣味，遵循着共同的创作原则，又相互唱和，交往密切，所以被看作一个流派。

2. 写《塞下曲》最有名的诗人

　　《塞下曲》属于唐乐府，出自汉乐府的《出塞》《入塞》，一般写军旅生活和边塞风光。唐朝写过《塞下曲》的诗人不少，最著名的有三位。

　　一位是李白，写过六首《塞下曲》，都是五言律诗，比如我们最熟悉的"五月天山雪，无花只有寒"和"骏马似风飙，鸣鞭出渭桥"。

　　还有一位是王昌龄，写过四首《塞下曲》，我们比较熟悉的是"蝉鸣空桑林，八月萧关道"及"饮马渡秋水，水寒风似刀"这两首，也是五言律诗。

　　再有就是卢纶，也写过六首《塞下曲》，只不过他这六首不是五言律诗，而是五言绝句。其中有两首最著名，一首是我们上面讲的那首，《塞下曲》组诗中的第二首，还有一首是《塞下曲》组诗中的第三首："月黑雁飞高，单于夜遁逃。欲将轻骑逐，大雪满弓刀。"

小雪

　　下雪是冬天的常态。起先肯定是小雪，在空中似有似无地飘着，接着可能会密密地下一阵雪珠儿，在地上铺了薄薄的一层，随即又化掉了，只让地面的颜色变得更深些。或者，在山坡的背阴面留下一些斑驳的痕迹。

　　人常说，"下雪不冷化雪冷"，等到雪化了，天也晴了，北风就会呼呼地吹起来，带走空气里的水汽，也带走人身上的热气。这一雪一晴、一冻一化，其实就是冬天的第一个下马威。

终南①望余雪②

祖咏

终南阴岭③秀,积雪浮云端。
林表④明霁⑤色,城中增暮寒。

我是谁？

我是祖咏，洛阳（今河南省洛阳市）人。我少有文名，擅长诗歌创作。我与王维是好友，他在济州时曾赠诗《赠祖三咏》于我，其中有这样几句："结交二十载，不得一日展。贫病子既深，契阔余不浅。"

注释

① 终南：山名，在唐朝京城长安（今陕西西安）南面六十里处。
② 余雪：指未融化之雪。
③ 阴岭：北面的山岭，背向太阳，故曰阴。
④ 林表：林外，林梢。
⑤ 霁（jì）：雨、雪后天气转晴。

译文

终南山的北面风光秀美，峰顶的积雪好似浮在云端。

雪后初晴，树林表面被照得一片明亮；暮色渐生，城中变得更加寒冷。

这首诗好在哪儿呢？

这是一首应试诗，也是入选《唐诗三百首》的唯一一首应试诗。

第一句为"终南阴岭秀"。这个"阴"字真好。中国古代，山南水北谓之阳，山北水南谓之阴。终南山在长安城的南面，所以从长安城看终南山，看到的是终南山的北坡，也就是阴坡。题目既然是《终南望余雪》，而不是《终南余雪》，那就等于已经给出了视角，所以诗人不是泛泛地讲终南山，而是说"终南阴岭秀"，这就是点题。"阴"字一出来，说明诗人已经充分领会了考官的意图，这就叫审题成功。可是光讲终南山的北坡风光秀美还不够，题目不是终南望，而是终南望余雪。

第二句："积雪浮云端。"这一句"浮"字好。积雪都浮在云朵上面。可能有人会说，积雪是在山上，怎么会浮在云上呢？这正是高山残雪才有的视觉效果呀。既然题目中是终南余雪，那就是说，山脚乃至山腰的雪都已经化了，只在高海拔的山顶还有积雪存留。山顶的积雪又怎么会浮在云端呢？终南山不是一个普通的小土堆，而是一座白云缭绕的大山。如果是小山，云是在山上飘的，但是高山就不同了，山高云低，云朵会从山腰流过。残雪积在山顶，云朵流过山腰，从长安城里远远望去，雪仿佛不是积在山上，而是浮在云上，这就是"积雪浮云端"。

第三句为"林表明霁色"。这一句"明"字好。明就是亮，在这里做动词，就是照亮，被阳光照亮，被霁色照亮。雪已经下过了，所以不是阴云密布，白雪飘飘，而是雪后天晴，阳光灿烂。终南山离长安城差不多有六十里地，平时雾气漫漫，红尘滚滚，哪里看得清树木呀。可是雪后就不同了，天地都被洗刷了一遍，空气仿佛是透明的，这个时候看终南山，才会林木历历，格外清晰。所以"明霁色"这三个字，写得真细致、真贴切，是长期生活在长安的人才能写出的感觉。

最后一句:"城中增暮寒。"这首诗视线的起点是长安城,最后的落脚点仍然要在长安城。雪已经下过了,终南山一片晴明,前三句无论是写山、写雪、写云、写树,都是在写望中所见。最后一句要写望中所感了。终南山顶,积雪浮云,已经渗透着寒意,夕阳西下,又增加寒意。到这里,景也写了,情也写了,视线也从长安城出发,扫过终南山,最终又回到长安城。

课堂小彩蛋

这题真简单!——祖咏

我写完了。——祖咏

应该写六韵六十字的五言律诗,你只写了两韵二十个字。——考官

还有时间,拿回去再写写。

意尽。——祖咏

祖咏是幸运的。开元盛世，有着"不拘一格降人才"的风气，所以才让这首应试诗流传至今，并留下了祖咏这段藐视"高考"规则、不肯画蛇添足的佳话。

你还可以知道更多

为什么说应试诗难写呢？

应试诗，也就是诗人在科举考试的考场里写的诗，相当于我们今天的高考作文。唐朝在很长一段时间里都是以诗赋取士，可想而知，应试诗数量相当庞大。但是，能留存到今天的应试诗只有寥寥几首，因为应试诗难写。

应试诗难写在哪儿呢？第一，它既不是实情实景，也没有真情实感。好诗应该是诗人心声的自然流露。但是应试诗不一样，你眼前就是一张白纸，没有实景，题目又是人家出好的，也难有真情，无情、无景，自然难以写好。

第二，它还有严格的形式要求，一般是六韵的五言排律。所谓六韵，就是六个韵脚，其实也就是六联，十二句话，六十个字。无论出什么题目，你都必须用这十二句话，六十个字完成。可以想象，若是李白参加考试，一句"噫吁嚱，危乎高哉！蜀道之难难于上青天"就已经落榜了，因为文体不合格。情感少而规矩多，这样的诗文真是往死里作，无怪乎考了那么多年，进士一大堆，却没有几首诗流传下来。

大雪

　　二十四节气到了大雪，天就真的冷下来了，雪天也多了起来，从东北到华北，甚至远到江淮，都是"千里冰封，万里雪飘"。

　　当年，白居易当江州司马时写过一首《夜雪》："已讶衾枕冷，复见窗户明。夜深知雪重，时闻折竹声。"江州在今天的江西九江，算是南方了，竟然还有那么大的雪。到了北方，雪势自然更大。

北风行①

李白

烛龙②栖寒门,光曜犹旦开。
日月照之何不及此?惟有北风号怒③天上来。
燕山④雪花大如席,片片吹落轩辕台⑤。
幽州思妇十二月,停歌罢笑双蛾摧⑥。
倚门望行人,念君长城苦寒良⑦可哀。
别时提剑救边去,遗此虎文金鞞靫⑧。
中有一双白羽箭⑨,蜘蛛结网生尘埃。
箭空在,人今战死不复回。
不忍见此物,焚之已成灰。
黄河捧土尚可塞,北风雨雪恨难裁。

我是谁？

我是李白（701—762），字太白，号青莲居士。大家都知道我喜欢饮酒作诗，也爱交朋友，所以我又有"谪仙人"的称号。因为擅长写浪漫主义诗歌，我被后人誉为"诗仙"，还与好朋友杜甫并称为"李杜"。

注释

① 北风行：乐府旧题，内容多写北风雨雪、行人不归的伤感之情。
② 烛龙：中国古代神话传说中的龙，人面龙身而无足，居住在不见太阳的极北的寒门，睁眼为昼，闭眼为夜。
③ 号怒：呼啸狂暴。
④ 燕山：山名，在河北平原的北侧。
⑤ 轩辕台：乃黄帝轩辕氏与蚩尤战于涿鹿之处，遗址在今河北省怀来县乔山上。
⑥ 双蛾摧：双眉紧锁，形容悲伤、愁闷的样子。双蛾：女子的双眉。
⑦ 长城：古诗中常借以泛指北方前线。良：实在。
⑧ 鞞靫（bǐng chá）：当作鞴靫。虎文鞞靫，绘有虎纹图案的箭袋。
⑨ 白羽箭：尾部装饰着白色羽毛的箭。

译文

烛龙栖息在极北的太阴之地，睁眼为昼，闭眼为夜，每到白天衔着蜡烛照亮。

怎么这个地方无论是太阳还是月亮，都照不到呀？只有怒吼的北风从天而来。

燕山的雪花犹如席子一样大，一片一片地飘落在轩辕台上。

在幽州这寒冷阴森的十二月里，一名思妇停了歌声，收了笑颜，皱起了一双蛾眉。

她不顾狂风暴雪，倚门看着一个个过往的行人，思念着到更北方的长城边上去当兵的丈夫，他那里又该多冷啊！这实在令人哀伤！

当年边疆告急，丈夫提起宝剑奔赴战场，只留下一个用金线绣着虎纹的箭袋。

里面有一支白羽箭，箭上结了蜘蛛网，洁白的羽毛也落满尘埃。

如今，箭还在，而丈夫却战死沙场，再也回不来了。

她怕睹物思人，一把火把箭烧成了灰烬。

连滚滚东流的黄河都能用一捧捧的土来塞住，但她和丈夫生离死别的恨意，却如这漫漫风雪，无边无尽，难以消除。

这首诗好在哪儿呢？

前六句"烛龙栖寒门，光曜犹旦开。日月照之何不及此？惟有北风号怒天上来。燕山雪花大如席，片片吹落轩辕台"，写北方的风雪苦寒。李白先讲了一个关于北方的神话：有一种人面龙身的神灵，叫烛龙，住在极北方的太阴之地。烛龙睁开眼睛就是白天，闭上眼睛就是黑夜。每到白天，烛龙就衔着蜡烛照亮。

"烛龙栖寒门，光曜犹旦开"，"犹"就是还能，烛龙栖息在如此阴冷的寒门，但白天还能有光亮。这是一个让步句式，它所引出的那个"彼地"，一定还不如此地。

下两句："日月照之何不及此？惟有北风号怒天上来。"怎么这个地方无论是太阳还是月亮都照不到呀！只有北风怒号，从天而来。这真是一个可怕的地方。日月不及是色，北风怒号是声，天上来是势，这样的色彩、这样的声势，比烛龙所待的寒门还要恐怖，还要严酷。

下两句："燕山雪花大如席，片片吹落轩辕台。"燕山山脉在河北平原的北侧。轩辕台则是当年黄帝和蚩尤涿鹿大战的地方，在今天的河北怀来。原来，这里是幽州啊。燕山的雪花和席子一样大，一片片飘落在轩辕台上。这就是李白笔下的雪花，不像梅花，不像梨花，不像柳絮，不像我们之前看到的任何关于雪的比喻，它比那都要大，大得让人恐惧，像席子一样，一片片地在风里翻腾着，最后落在轩辕台上。

下四句："幽州思妇十二月，停歌罢笑双蛾摧。倚门望行人，念君长城苦寒良可哀。"就在这寒冷阴森的十二月里，幽州的一个思妇停了歌声，收了笑颜，紧紧地皱起了一双蛾眉。她不顾风雪，倚在门边，看着一个个过往的行人。原来，她在思念丈夫，她的丈夫到更北方的长城边上去当兵了。幽州城尚且如此寒冷，丈夫那里可想而知。

下八句："别时提剑救边去，遗此虎文金鞞靫。中有一双白羽箭，蜘蛛结网生尘埃。箭空在，人今战死不复回。不忍见此物，焚之已成灰。"当年边疆战事告急，丈夫提起宝剑奔赴战场，只留下一个用金线绣着虎纹的箭袋，里面装着一双尾部装饰着白色羽毛的箭。天长日久，蜘蛛都在箭上结网，洁白的羽毛都落满尘埃了！忽然噩耗传来，丈夫战死边疆，一切担心惦念落空，她拿起白羽箭，一把火烧成灰烬。

最后两句："黄河捧土尚可塞，北风雨雪恨难裁。""黄河捧土"是《后汉书·朱浮传》的典故，是说黄河的孟津渡口是不可能用土塞住的。可是李白却说，"黄河捧土尚可塞"，连滚滚东流的黄河都能用一捧捧的土来塞住，但是少妇的生离死别之恨，却如同漫漫风雪一样，无边无尽，难以消除。这是多么强烈的感情啊！"北风其凉，雨雪其雱"，这怒号的北风、漫天的飞雪，既呼应了开头那段景物描写，又贴切地反映出思妇的忧愤。

课堂小彩蛋

看李白是怎样运用夸张的手法来写诗的。

燕山雪花大如席。

白发三千丈，
缘愁似个长。

李白

会须一饮三百杯。

危楼高百尺，
手可摘星辰。

飞流直下三千尺，
疑是银河落九天。

李白是最擅长用夸张手法写作的诗人之一，他用极具想象力的独特思维方式呈现了夸张的力量。

你还可以知道更多

乐府旧题《北风行》

《北风行》是乐府旧题，一般是写北风雨雪、行人难归的哀伤之情。南北朝鲍照等人都写过，更早的出处则是《诗经·邶风》中的《北风》篇，开篇就是"北风其凉，雨雪其雱"。雪花飘飘，北风萧萧，奠定了北国冬天肃杀的基调。而李白最擅长用乐府旧题推陈出新。

冬至

　　冬至在中国古代地位很高，是二十四节气中最早测定出来的一个，在整个周朝，乃至秦朝，都把冬至当作一年的开始。直到汉武帝采用夏历，定正月为岁首，才有了我们今天的春节。冬至为什么会有如此高的地位？因为这一天太阳直射南回归线，是整个北半球白昼最短的一天。这一天当然是冷的，我们现在所说的"数九寒天"就从冬至开始。但是，同样是这一天，阳气也开始悄悄滋长。道教内丹学讲，冬至一阳生。一个新的轮回其实已经在昼短夜长、天寒地冻的冬至时节悄悄孕育。这真是一个外冷内热的节气。

问刘十九

白居易

绿蚁①新醅②酒，红泥小火炉。
晚来天欲雪③，能饮一杯无④？

我是谁?

我是白居易(772—846),字乐天,号香山居士。我与元稹友谊甚笃,共同倡导过新乐府运动,世称"元白"。我在晚年与刘禹锡唱和很多,人称"刘白"。我写的诗题材广泛,形式多样,语言平易通俗,有"诗魔"和"诗王"之称。

注释

① 绿蚁:指浮在新酿的没有过滤的米酒上的绿色泡沫。
② 醅(pēi):酿造。
③ 雪:下雪,这里做动词用。
④ 无:表示疑问的语气词,相当于"吗"。

译文

端来了泛着淡绿泡沫的新酿米酒,烧旺了小小的红泥炉。
天色将晚就要下雪,老朋友能否来喝上一壶?

这首诗好在哪儿呢？

先看颜色。"绿蚁新醅酒"，酒是绿的；"红泥小火炉"，温酒的炉子和火苗都是红的；"晚来天欲雪"，雪虽然没有下，但它是白的。绿、红、白，就没有其他颜色了吗？当然有。"晚来天欲雪"，天都黑了。

短短的四句话，二十个字，就包含了四种颜色，真是精彩！

在这四种颜色里，黑和白都是冬天的颜色，是肃杀的、萧瑟的。

可是，绿和红就不一样了。我们常说花红柳绿，绿和红，是生命的颜色，是希望的颜色。这样一搭配，你就能感觉到寒冷中的温暖，仿佛冬天里的春天一样。

再来看韵律。"绿蚁新醅酒"，新酿的酒已经倒好了，这是静的。但是，因为酒没有过滤，所以上面浮着一层泡沫，像一群小蚂蚁。这层泡沫会逐渐散去，一个个的小蚂蚁就不见了，这又是动的。

"红泥小火炉"也是一样啊，红泥炉本身是静的，但是生了火，红色的火苗在跳动，这就是动的了。

"晚来天欲雪"，暮色苍苍，人回家，鸟回巢，天地笼罩在一片静谧之中，特别是在冬夜，世界会尤其安静吧？但是"天欲雪"啊，马上雪花就要飞舞起来了。

"能饮一杯无"呢？这是在邀请朋友啊。此时此刻，此情此景，诗人心动了，想朋友了，把酒都摆好了。可想而知，哪怕雪已经下起来了，朋友也会踏雪而来。

四句诗，每一句都是动静结合，这是多么美妙的韵律呀！

课堂小彩蛋

唐朝大诗人李白、杜甫、白居易都喜欢喝酒，可他们喝的酒有什么不一样呢？

李白是个豪气的人，喝的是很值钱的、过滤过的酒。

> 金樽清酒斗十千，你买单！

李白的朋友也都豪气干云，不惜一掷千金请他喝酒。"金龟换酒"的故事，就源于贺知章请朋友李白喝酒。

> ……都换钱买酒了。

> 我的貂呢？我的马呢？

> 我有命要、有命花吗？

> 这只金龟当酒钱，朝廷发的，纯金的。

杜甫也爱喝酒,但他喝的是闷酒。并且,杜甫喝酒,常常要靠借债……

人生七十古来稀啊!振兴大唐的伟业什么时候才能完成?

要不,您先把上个月的酒钱结了?

而白居易呢,他喝的是闲酒。白居易有钱又有闲。

这自家酿的酒,就是香!

在自己家,就是舒坦……好像还缺点什么?

他想喝酒了,就邀个志同道合的朋友,一起喝酒、聊天。

你还可以知道更多

什么是新乐府运动？

"新乐府"是相对于汉乐府而提出的，新乐府运动是唐朝诗人白居易、元稹等倡导的一场诗歌革新运动。新乐府诗的特点是自创新题，咏写时事，体现汉乐府的现实主义精神。

小寒

　　这是北方地区一年之中最冷的日子，冷的程度甚至超过了大寒。长安城里滴水成冰，只要有可能，任谁都愿意躲在家里围炉向火吧？可是，自有人类，就有战争，有需要保卫的家园，有慷慨出征的男儿。何况唐朝又是那么一个崇尚边功的时代！

　　有学者统计，唐朝以前的边塞诗现存不足二百首，而唐朝的边塞诗现存超过两千首。这就是时代的精神。在唐朝的边塞诗中，风雪是非常经典的意象。正是边疆的风雪严寒，才凸显出战士的无畏与豪迈。

从军行①

杨炯

烽火②照西京③,心中自不平。
牙璋④辞凤阙⑤,铁骑绕龙城⑥。
雪暗凋⑦旗画,风多杂鼓声。
宁为百夫长⑧,胜作一书生。

我是谁？

我是杨炯（650—693），华阴（今属陕西省）人，与王勃、卢照邻、骆宾王并称"初唐四杰"。我擅长五律，其中边塞诗气势较盛，但有些作品还不能尽脱绮艳之风。

注释

① 从军行：为乐府《相和歌·平调曲》旧题，多写军旅生活。
② 烽火：古代边防告急的烟火。
③ 西京：长安。
④ 牙璋：古代发兵所用之兵符，分为两块，相合处呈牙状，朝廷和主帅各执其半。这里指代奉命出征的将帅。
⑤ 凤阙：阙名。汉建章宫的圆阙上有金凤，故以凤阙指皇宫。
⑥ 龙城：又称龙庭，在今蒙古国鄂尔浑河的东岸，汉时匈奴的要地。汉武帝派卫青出击匈奴，曾在此获胜。这里指塞外敌方据点。
⑦ 凋：原意指草木枯败凋零，此处指失去了鲜艳的色彩。
⑧ 百夫长：一百个士兵的头目，泛指下级军官。

译文

京都长安被战争的烽火照亮了，热血将士的内心自然不会平静。

将军带兵辞别皇帝，奔赴金戈铁马的战场；官军的合围之势，把敌人的据点包围得水泄不通。

大雪纷飞，军旗上的彩画都已黯然失色；北风呼啸，夹杂着咚咚的战鼓之声。

大敌当前，我宁愿做个百夫长战死沙场，也不愿做个书生终老于书斋。

这首诗好在哪儿呢？

首联："烽火照西京，心中自不平。"唐朝有东、西两个都城，东京在洛阳，西京在长安。长安作为西京，本来应该是最安全的地方，现在却被战争的烽火照亮，这是何等紧急的军情！而首都告急，将士的内心岂能平静？

颔联："牙璋辞凤阙，铁骑绕龙城。""牙璋"对"铁骑"，"凤阙"对"龙城"，"辞"对"绕"，对仗非常工整。而且，不光是两句诗彼此对仗，在一句诗之内，"牙璋"和"凤阙"，"铁骑"和"龙城"，也一一对应。所谓"牙璋辞凤阙"，就是将军提兵辞别皇帝，奔赴战场。所谓"铁骑绕龙城"，就是官军已经把敌人包围得水泄不通。一个"绕"字尽显合围之势。如果说"牙璋辞凤阙"是庄严，那么"铁骑绕龙城"，则是威猛！

颈联："雪暗凋旗画，风多杂鼓声。""雪暗凋旗画"是视觉效果，大雪纷飞，遮天蔽日，让军旗上的彩画都黯然失色；而鼓是给人听的，所以后一句"风多杂鼓声"是听觉效果，北风呼啸，风声满耳，中间夹杂着咚咚的战鼓之声。这一联根本没正面写战斗，但是将士的神采却已经跃然纸上。

尾联："宁为百夫长，胜作一书生。""百夫长"对"一书生"，对得工整巧妙。所谓"百夫长"，就是下级军官，这不是人们会羡慕的职位。但是，大敌当前，诗人宁可战死沙场，也不愿终老书斋，这才是百夫长胜过一书生的原因。尾联收得雄壮豪迈，充满着英雄主义精神，虽然浅近，却并不浅陋，让整首诗神完气足，气壮山河。

课堂小彩蛋

王昌龄在襄阳与孟浩然相见后不久,孟浩然旧疾复发而死。

我又少了一个朋友。

王昌龄因此离开襄阳,没有想到在巴陵意外遇见李白。两人一见如故。

闻名不如相见啊!

昌龄兄,你我同病相怜,喝酒!喝酒!

一醉解千愁!

李白对王昌龄念念不忘,后来听说王昌龄被贬为龙标尉,特地写诗安慰。

> 昌龄兄保重,
> 后会有期!

> 摇曳巴陵洲渚分,
> 清江传语便风闻……

> 杨花落尽子规啼,
> 闻道龙标过五溪……

两个志趣相投又欣赏彼此才华的人,从此成为好友。

你还可以知道更多

杨炯与"初唐四杰"

杨炯是"初唐四杰"之一。所谓"初唐四杰",是指王勃、杨炯、卢照邻、骆宾王四位诗人。这四个人诗风不同,但都反对浮华艳丽的宫体诗,也反对上官婉儿的爷爷——宰相上官仪——所倡导的典雅空洞的上官体,而是主张刚健骨气。他们通过自己的创作,把诗歌从宫廷转到市井,从台阁移向边塞,给唐诗奠定了一个雄浑阔达的基调。杨炯的《从军行》正是这种浑厚之气的典型代表。

《从军行》本来是乐府旧题,写军旅生活,但杨炯的这首诗却不是乐府古体,而是一首标准的五言律诗。律诗又叫沈宋体,到武后时期才基本定型,而杨炯是唐高宗时代的人,早于武则天时代,却已经能够写出这样成熟的五言律诗,真是非常了不起。但这首诗最了不起的地方还不在格律的严整,而在于内容的雄壮。

大寒

　　二十四节气中最后一个节气。天气已经冷到无以复加的地步，人们甚至都渐渐地习惯了寒冷，不会像刚刚入冬，或者刚刚数九的时候感觉那么敏锐了。就像边塞一样。中原人心中遥远的边塞，正是边塞人生于斯、长于斯的家园。对他们来说，黄沙和白雪、骏马和狂风本来就是生活的一部分，司空见惯。但是，同样的情景却会激起来自中原的诗人无穷的感慨，让他们大惊小怪，让他们瞠目结舌，进而激活他们最瑰丽的想象、最充沛的豪情，然后，诞生最神奇的诗篇。

走马川行①奉送封大夫②出师西征③

岑参

君不见走马川行雪海④边,平沙莽莽黄入天。

轮台⑤九月风夜吼,一川碎石大如斗,随风满地石乱走。

匈奴⑥草黄马正肥,金山⑦西见烟尘飞,汉家⑧大将西出师。

将军金甲夜不脱,半夜军行戈相拨⑨,风头如刀面如割。

马毛带雪汗气蒸,五花连钱旋作冰,幕中草檄⑩砚水凝。

虏骑闻之应胆慑,料知短兵⑪不敢接,车师⑫西门伫⑬献捷。

我是谁？

我是岑参（约715—770），江陵（今湖北省江陵县）人。我与高适齐名，并称"高岑"。我擅长写七言歌行，由于从军西域多年，对边塞生活有深刻的体验，善于描绘异域风光和战争景象。我笔下的边塞诗气势豪迈，情辞慷慨，色调雄奇瑰丽。

注释

① 行：诗歌的一种体裁。

② 封大夫：即封常清，唐朝将领，蒲州猗氏（今山西省临猗县）人，以军功擢安西副大都护、安西四镇节度副大使、知节度事，后又升任北庭都护，持节安西节度使。

③ 西征：一般认为是出征播仙镇。

④ 雪海：在天山主峰与伊塞克湖之间。

⑤ 轮台：地名，在今新疆米泉境内。

⑥ 匈奴：泛指西域游牧民族。

⑦ 金山：指今新疆乌鲁木齐东面的博格达山。

⑧ 汉家：唐代诗人多以汉代唐。

⑨ 戈相拨：兵器互相撞击。

⑩ 草檄（xí）：起草讨伐敌军的文告。

⑪ 短兵：指刀剑一类武器。

⑫ 车师：为唐北庭都护府治所庭州，今新疆乌鲁木齐东北。

⑬ 伫：久立，此处作等待解。

译文

你不曾看见走马川蜿蜒在雪海的旁边，茫茫无边的黄沙连接云天。

在轮台九月深秋的夜晚，到处斗大的碎石被怒吼的狂风卷得满地乱滚。

此时匈奴牧草繁茂军马正肥，侵入金山西面腾起一片烟尘，汉家的大将开始率兵征西。

将军以身作则夜不脱甲，夜间行军，只听见兵器相互碰撞发出的轻微声响，而寒风吹到脸上犹如刀割。

马毛挂着雪花还汗气蒸腾，五花马身上的汗水转眼结成冰，营幕中用来写讨敌檄文的砚墨也被冻住了。

敌军听到汉家大军出征应会胆惊，料想他们不敢与我们短兵相接，我就在车师西门伫望，等待报捷。

这首诗好在哪儿呢？

第一句："君不见走马川行雪海边。"所谓"走马川行雪海边"就是走马川蜿蜒在雪海的旁边。因为下面还有"一川碎石大如斗"，显然，这应该是诗人眼中的实景呈现，而不是遥想千里之外。

第二句："平沙莽莽黄入天。"浩瀚的塔克拉玛干沙漠一望无际，沙漠上长风猎猎，狂风呼啸，大风把黄沙卷到天上，犹如一条黄龙，遮天蔽日。

接下来三句："轮台九月风夜吼，一川碎石大如斗，随风满地石乱走。"从白天写到夜晚，从风色写到风声，从天上写到地下。深秋之夜，颜色看不到了，声音登场了，"轮台九月风夜吼"，一个"吼"

字，何等狂暴，何等惊心动魄呀！怒吼的狂风把斗大的碎石都卷了起来，让它们随着风势满地乱滚，这样的力量何等恐怖！天上平沙漫漫，地下飞沙走石，这是一个狰狞的、能够吃人的沙漠。

接下来三句，敌人登场了。"匈奴草黄马正肥，金山西见烟尘飞，汉家大将西出师。"这里的匈奴泛指当时的西域诸部。秋天一向是游牧民族南下的大好时机，此时，马吃了一夏天的草，养得膘肥体壮，他们正扬鞭策马，滚滚而来，腾起了一片烟尘。烟尘就是警报，强敌进犯，唐朝的将军岂能坐视不管？封将军顶着狂风，率军出征了。一句"汉家大将西出师"，以汉比唐，写得雍容大气，封大将军英勇无畏、为国解忧的形象跃然纸上。

"将军金甲夜不脱，半夜军行戈相拨，风头如刀面如割。"这三句写夜间行军的样子，真肃穆，真昂扬！"将军金甲夜不脱"，这是将军以身作则，马不停蹄。"半夜军行戈相拨"，这是军队衔枚疾进，悄无声息，只听见兵器相互碰撞发出的轻微声响。这是何等严整的军容！"风头如刀面如割"，既呼应着前面对大风的描写，又凸显出将士们的坚韧与顽强，真是绘声绘色，让人如临其境！

下三句："马毛带雪汗气蒸，五花连钱旋作冰，幕中草檄砚水凝。"所谓"马毛带雪"，是说战马驰骋，汗水蒸腾。可是，天又那么冷，汗刚一出来就结成了霜，看起来像雪一样。所谓"五花连钱"，是指把马的鬃毛剪出五个花瓣，也是宝马的代名词。经过反复的冷热交替，马的鬃毛上结了一层冰壳。

接下来，诗人自己出场了，"幕中草檄砚水凝"。原来，身在幕府的诗人也没闲着，他正在起草檄文呢。可是，天太冷了，连砚台里的墨水都被冻住了。前方行军固然辛苦，后方的幕府也不容易。人也罢，马也罢，都在寒风中受苦，但是整首诗却看不出一丝苦。

相反，艰苦卓绝的环境正反衬着这支军队精神的昂扬，真是一支铁军！

最后三句："虏骑闻之应胆慑，料知短兵不敢接，车师西门伫献捷。"这样英勇的军队出师，敌人当然会闻风丧胆，落荒而逃。所以，我就在幕府所在地的车师西门遥遥伫望，等着将军的捷报吧！最后这三句并未写打仗，只写到出师就戛然而止，结得干净利落。

课堂小彩蛋

> 我是三代相门之后啊！

> 你可是名副其实的官四代啊。

岑参

岑参
我五岁就读书，九岁会写文。
你一直是我们中的佼佼者。
岑参
我以为再大的官，我都可以胜任，可如今一身落魄。
时势造英雄！你也可以的。
岑参
改变总比原地踏步好。
等你荣归！

你还可以知道更多

岑参为什么能写出如此好的边塞诗?

　　两个原因：一个是，他真的见过这么神奇的景色。岑参两次远赴西北边陲，随着军队一路走到中亚，他见过太多别人没见过的东西，他见到的边塞是真的边塞，是活的边塞。另一个是，他的性格真像个年轻人。他是那么好奇，看到狂风也好，大雪也好，第一反应永远不是恐惧，而是兴奋。正是这样的眼界和这样的性格，让他写出了唐朝最为奇丽豪迈的边塞诗。

春节

  冬天的最后一个节日，也可以是属于春天的第一个节日。到底算到哪一边，取决于这一年立春的时间。有的年份，立春在年前，那么春节就属于春天；而有的年份，立春在年后，那么春节就属于冬天。

  但无论如何，春节到了，春天就不远了，每根枝条都舒展着春的力量，每个人心里都洋溢着融融的春意。

次①北固山②下

王湾

客路③青山④外，行舟绿水前。
潮平两岸阔，风正一帆悬。
海日⑤生⑥残夜⑦，江春入旧年。
乡书何处达？归雁洛阳边。

我是谁？

我是王湾，洛阳（今属河南省）人。我曾供职昭文馆，负责整理历朝历代的图书。我早有文名，往来吴楚间。我的诗歌流传不多，但这首《次北固山下》却大名鼎鼎。

注释

① 次：旅途中暂时停宿，这里是停泊的意思。
② 北固山：今江苏省镇江市北，三面临水，倚长江而立。
③ 客路：行客前进的路。
④ 青山：指北固山。
⑤ 海日：海上的旭日。
⑥ 生：升起。
⑦ 残夜：夜将尽之时。

译文

我盯着前面的青山，乘船在绿水间，但要去的地方还远在青山之外。

江水浩渺，仿佛与江岸齐平，江面显得更加开阔。风和日丽，高高挂起的船帆与江面垂直。

残夜未消，一轮红日已从海面冉冉升起；旧年未尽，春意已姗姗来到江边。

大江之上，怎样把家书捎给亲人？北归的大雁啊，请在路过我的家乡洛阳时，替我报一声平安吧！

这首诗好在哪儿呢？

首联："客路青山外，行舟绿水前。""客路"对"行舟"，"青山"对"绿水"，一副工整而秀丽的对子。诗人乘着小船，盯着前面的青山，沿着眼前的绿水前进。但是他要去的地方还在青山之外的更远处。

颔联："潮平两岸阔，风正一帆悬。"江水浩渺，仿佛和江岸齐平，看起来格外开阔，这是横向的景色。风和日丽，一叶船帆高高挂起，和江面垂直，这是纵向的景色。王湾走的这段，水面较宽，再加上水平如镜，波澜不惊，才更显得江面开阔，视野宽广，写得恢宏大气。"风正一帆悬"，所谓"风正"，不仅仅意味着风顺，更意味着风和。

颈联："海日生残夜，江春入旧年。"残夜未消，一轮红日已从海面冉冉升起；旧年未尽，春意已然姗姗来到江边。这一联真不愧是千古佳句。第一，时序感强。我们之前看青山绿水，看潮平风正，总觉得是白天，是春天，但是，看到"海日生残夜，江春入旧年"才意识到，这不是白天，这是黎明；这也不是春天，而是岁末。可是，在我们北方人的印象里，岁末的黎明应该既阴冷又肃杀，诗人怎么写得如此明媚呢？因为王湾虽然是洛阳人，但他当时漫游在吴越之间。他看到的，恰是唐代的江南。江南春早，少年心热，这两个因素凑到一起，才会让诗人夜不能寐，天不亮就开始了新的航程，这才能看到"海日生残夜"，也就在这越走越亮的过程中，他感觉到湿漉漉的江风吹在脸上，看到江岸的垂柳露出了鹅黄，明明还是岁末，但春天已经在萌动之中，这就是"江春入旧年"。

尾联："乡书何处达？归雁洛阳边。"本来，诗人放舟于青山绿水之间，沉醉于壮丽的江南春晓中，他的内心开朗而明快。可正在这时，一排大雁掠过晴空。春天到了，大雁都北归了，自己这不安分的游子是不是也该回家了？一缕淡淡的乡愁也随着大雁一起掠过少年诗人的心头。北归的大雁啊，就请你们在路过我的家乡洛阳时，替我报一声平安吧！尾联收得干净漂亮。乡愁真实存在，却并不沉重，带着少年的轻快、江南的春意，更带着时代的蓬勃。

课堂小彩蛋

唐朝有很多诗，都是后来才有的名气。

很多诗人，也是到了后来才得到历史的认可。韩愈曾说，李杜文章在，光焰万丈长。

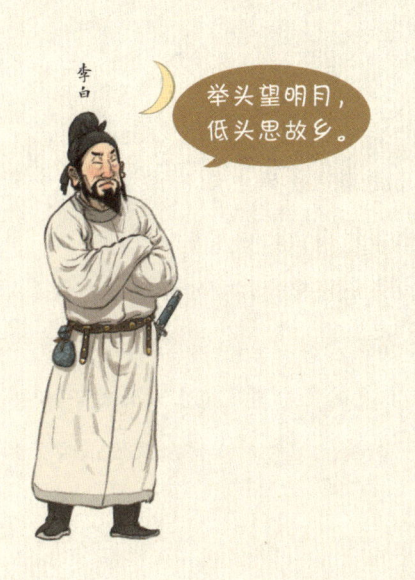

李白：举头望明月，低头思故乡。

杜甫：我终于和我的偶像站在一起了。

而有些诗和诗人,在当时,大家就耳熟能详了。

> 天下文章的楷模! —— 张说

> 别人都说我"词翰早著"。 —— 王湾

你还可以知道更多

咏史怀古诗与北固山

咏史怀古诗一般以古代历史人物、历史事件或历史陈迹为题材,或借古讽今,或寄寓诗人怀才不遇的感伤,或表达昔盛今衰的兴替之感。

王湾的《次北固山下》中的北固山就是一个咏史怀古的好地方。北固山在镇江东侧,横枕长江,是当年三国时期孙吴故地,上演过很多英雄美人的传奇故事,号称"天下第一江山"。辛弃疾的《永遇乐·京口北固亭怀古》也是在这儿写的。其实,不光辛弃疾,一般有点文化的人停船北固山时,都免不了要怀怀古,抒发一下兴亡之叹。